신은 유희에 굶주려 있다.

The Ultimate game-battles of a boy and the gods

3

넬

3패로 은퇴했지만 페이 일행
의 권유로 다시 신들의 놀이
참전을 결의.

"저, 정말이지, 훌륭한……."

레오레셰

애칭은 레셰. 게임을 좋아하
고 천진난만하며 이전신이었
던 소녀.

"네? 왜 그러세요, 넬 씨?"

PROFILE

펄

「전자동 착각 걸」의 별명을 지
닌 사도. 팀의 의외성 넘버원.

팀으로 케이크 만들기?

"어라?
　　무패인 나를 잊었다고는 하지 않겠지?!"
사랑스러우면서도 자신만만한 말투.

???
압도적 강캐의 느낌을 풍기
는 자칭 「무패」의 수수께끼
미소녀.

"……설마."

3

God's Game We Play

The Ultimate game-battles of a boy and the gods

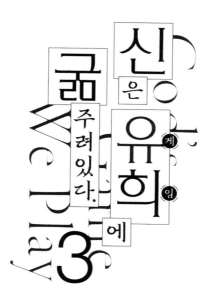

저자
사자네 케이

일러스트
토모세 토이로

옮긴이
김덕진

Character

《 등장인물 》

God's GameWe Play

레셰

본명은 레오레셰. 3000년의 긴 잠에서 깨어난 신이었던 존재로 게임을 좋아하는 소녀.

페이

이 시대 최고의 루키로 기대받는 사도. 레셰 & 펄과 팀을 결성했다.

넬

마르 라 지부의 전 사도. 복귀를 건 싸움에 도전하는데…….

펄

전이 능력을 지닌 사도. 전자동 착각 걸이라고 불릴 정도로 엉뚱함이 있는 성격.

Prologue 도박신
_{북메이커}

작은 아공간.
「신」의 말로는 가장 작은 엘리먼츠에서.

『무슨 말을 하는 거야? 인간.』
"전부 노렸던 바라고."

질문하는 신과 대답하는 소년의 목소리가 연달아 울렸다.

앞선 목소리는 다상신 그리모어. 미믹, 셰이프시프터, 도플갱어 등으로 불리는 도박신의 의문.
_{북메이커}

이곳, 엘리먼츠에서 동료인 넬의 모습으로 변해 있었다.

그런 신을 향해.

페이는 **미리 준비했던** 말을 던졌다.

"이 게임은 내 승리다."

『……뭐?』

"네가 이 게임을 받은 시점에서 나는 승리를 확신했어. **어떻게 된다 해도 말이야. 그리고 그 예상대로 끝난 거야.**"

승리 선언.

전선 유지 선언을 뛰어넘어 **이미 이겼다**라는 선언으로.

"넬에게도 그렇게 말했잖아? 이기면 만만세지만 져도 실망할 필요가 없어."

"……어?"

그 말에.

핏기가 가신 얼굴로 멍하니 무릎을 꿇은 소녀가 천천히 고개를 들었다.

넬 렉클리스.

신들의 놀이를 3승 3패로 은퇴한 전 사도.

그리고 현역 사도로 복귀하기 위해 「페이의 3승」을 걸고 북메이커에게 도전했지만, 결과는 패배. 복귀의 꿈이 무너진 것만이 아니라 인류의 희망인 「페이의 3승」을 날려버리는 최악의 결과를 만들고 말았다.

그런데도.

페이는 게임의 승리를 선언했다.

그 의미는 넬 본인도 아직 모르는 것이 분명하다. 그러니.

"좋아, 교대다."

어안이 벙벙한 넬의 어깨를 두드린 페이는 다부지게 웃어 보였다.

"뭐, 이해가 안 된다는 표정이네."

넬에게 하는 말이 아니다.

넬로 변한 다상신 그레모어가 이곳에서 가장 의문스러운 표정으로 이쪽을 노려보고 있었다.

"바로 알려줄 수도 있지만……."

호박색 눈동자로 이쪽을 바라보는 신에게.

"다음은 내가 놀아주지. 답을 맞혀보는 건 그 뒤야."

그리고.

이야기는 지금으로부터 96시간 전으로 거슬러 오른다.

Player.1　　루인으로 귀환

1

지상의 지배자는 인간인가?

그렇게 묻는다면 누구나 이렇게 대답할 것이다. 「No」라고.

대륙의 곳곳에 섬처럼 존재하는 아일시티. 그곳에서 밖으로 한 발짝이라도 나가면 미지의 세계가 펼쳐진다.

비경.

공룡이라 불리는 거대 원생생물이 활보하는 초원, 인간이 한 시간도 버티지 못하고 쓰러지는 작렬의 사막, 나아가 배조차 통째로 삼키는 거대 수생생물이 사는 바다.

요컨대, 도시와 도시를 이동하는 것은 그만큼 목숨을 거는 행위이다.

"……마르 라에 갈 때도 생각했던 건데 철도는 굉장하네요오."

대륙 철도.

도시와 도시를 연결하는 선로를 달리는 특급 열차 안에서 금발 소녀 펄이 창문 너머를 멍하니 바라보고 있었다.

"바깥은 50도를 넘는 황야인데 열차 안은 이렇게나 쾌적하잖아요. 그렇죠? 레셰 씨."

"그러게."

맞장구를 친 사람은 주홍색 머리의 소녀다. ^{버밀리언}

용신 레오레셰.

사랑스러운 얼굴에 신비로운 호박색 눈동자를 한 미소녀.

소녀의 정체는 영적 상위 세계에서 내려온 진짜 신인데⋯⋯ 그런 신의 위엄은 어디로 갔는지, 정작 레셰는 손에 든 휴대용 게임기에 몰두하고 있었다.

"아, 저기에 독 전갈이 있어요! 여기서는 작아 보이지만 길이가 2미터는 돼요!"

"흐음."

"이곳 황야 개척도 상당히 큰일이겠네요."

"그렇겠지."

휴대용 게임기에서 눈을 뗄 생각이 없는 레셰.

아까부터 계속 적당히 맞장구를 칠뿐이지만, 펄도 바깥 풍경을 보는 것에 빠졌는지 알아차리지 못했다.

"루인행 선로도 분명 몇 만 명 이상의 사람들이 노력한 결과일 거예요. 넬 씨도 굉장하다고 생각하죠?!"

"⋯⋯리트라이⋯⋯복귀⋯⋯할 수 있어, 해내자⋯⋯!"

"저기, 넬 씨?"

"⋯⋯하아⋯⋯하아⋯⋯큭, 두려워하지 마. 나는 할 수

있는 여자잖아. 결의를 힘으로 바꾸자. 페이 공의 귀중한 1승을 거는 거니까."

들리지 않는 모양이다.

넬이라고 불린 검은 머리 소녀는 열차 좌석에서 자기 허벅지에 주먹을 대고서 계속해서 중얼거리는 중이었다.

"저기이, 넬 씨."

"……반드시 북메이커에게……."

"후우~."

"꺄악?!"

옆자리의 펄이 귀에 바람을 불자 넬이 화들짝 놀랐다.

"무, 무슨 짓인가, 펄?!"

"넬 씨, 딴생각만 하고 있잖아요."

"……아."

그제야 넬은 정신을 차렸다.

계속하게 혼잣말한 것도 전혀 모르던 모양이다.

"미안하다, 펄. 페이 공도…… 모처럼 이렇게 동행을 허락해주었는데 분위기를 무겁게 만들어서……."

"아니, 나도 이것저것 생각하던 참이었어."

페이도 어떤 의미로는 넬과 비슷했다.

혼자서 계속 생각에 잠겼던 넬과는 다른 의미로 사색에 잠겨 있었다.

어떤 게임의 복선.

앞으로 있을 『신들의 놀이』에서 필요할지도 모르는 작전 고안에 몰두하고 있었다.

"넬은 북메이커랑 할 게임을 생각했어?"

"다, 당연하지. 페이 공의 1승을 거는 무게는 나도 이해하고 있다!"

넬은 이미 신들의 놀이에서 3승 3패로 은퇴한 사도다.

그리고 인간은 신들의 놀이에서 총 세 번 패배하면 도전권을 잃는다.

그것을 인간 측에서 뒤집는 것은 불가능하다. 하지만.

신들은 변덕스럽다.

버리는 신이 있으면 구해주는 신도 있나니.[1] 인간 세계에 그런 속담이 있는 것처럼 수많은 신 중에는 탈락자와 놀아주는 별종이 있다.

그것이 북메이커.

일반적인 신 : 승리하면 1승을 부여한다. 패배하면 1패를 부여한다.

북메이커 : 승리하면 1패를 지운다. 패배하면 1승을 지운다.

"북메이커는 다른 신들과 성질이 다르다고 한다. 무엇보

#1 버리는 신이 있으면 줍는 신도 있나니 일본의 속담. 특정 방면에서 활약하지 못해도 다른 방면에서 도움을 받거나 인정받을 수 있다는 의미.

다 신과 일 대 일 대결이니…….”

넬이 긴장을 감추지 못하고 숨을 크게 내쉬었다.

넬 본인은 『신들의 놀이』에 미련이 남아 있었다. 만에 하나, 억에 하나라도 다시 활동할 수 있는 가능성이 있다면 도전하고 싶을 것이다.

그것을 솔직하게 기뻐할 수 없는 것이 사도로 복귀하기 위해 걸어야 하는 코인이 「페이의 1승」이기 때문.

북메이커는.

1. 인간과 북메이커가 일 대 일 게임 대결한다.

2. 배팅은 동행자의 1승. 여기서는 페이의 1승을 칩으로 한다.

3. 도전자 넬이 승리하면 넬의 패배 수가 하나 줄어든다.
   (통산 3승 3패에서 3승 2패로)

4. 넬이 패배하면 걸었던 페이의 승리 수가 하나 줄어든다.
   (통산 6승 0패에서 5승 0패로)

꿀꺽.

페이와 펄의 시선을 받은 넬이 마른침을 삼켰다.

“내가 이기면 다행이다만…… 하지만…… 만약 내가 진다면 페이 공의 귀중한 1승이 줄어든다. 전 세계의 신비법원을 둘러봐도 현역으로 6연승중인 사도는 정말로 손에 꼽힐 정도겠지. 만약 내가 패배해서 그 승리를 잃게 된다면……."

"상관없어."

"페이 공?!"

"긴장감이 엉망이 되잖아요오!"

벌떡 일어선 넬과 펄.

참고로 페이는 확실한 본심으로 한 말이지만 심경이 복잡한 넬은 벌어진 입이 다물어지지 않는 듯했다.

"페이 공! ……내가 이런 말을 할 처지는 아니겠지만 페이 공은 자신의 위업을 더 자랑스럽게 여겨야 한다고 생각한다!"

신들의 놀이, 6승 0패.

페이의 성적은 이미 누구도 도달하지 못한 대기록에 도달하고 있다.

앞으로 더 강력한 신이 막아설 가능성이 있지만 지금 페이스라면 역사상 전례가 없는 완전 공략도 멀지 않았다.

"미란다 사무장님도 말하지 않았는가. 페이 공의 6승을 타인인 내가 걸어 잃기라도 한다면 인류의 보물을 잃는 것이나 마찬가지라고!"

"나도 그건 알아."

"그래! 신들의 놀이는 평균 승률 11퍼센트. 페이 공과 레셰 님과 같은 소수의 승리자 뒤에는 수많은 사도가 참패당하는 것이 현실이다!"

1승은 1패의 열 배의 가치가 있다.

인류가 필사적으로 거머쥔 1승에 어울리는 것은 10패다.

그만큼 귀중한 1승과 1패를 거래하는 것이 북메이커이며, 냉정하게 보면 사기에 가깝다고 말할 수 있으리라.

그런 1승을 걸고 게임을 할 예정이니 넬이 말하는 승리의 무게도 의식해야 하지만.

"……그렇긴 하지."

페이는 호소하듯 바라보는 넬에게 어깨를 으쓱였다.

"나도 내 승리 수를 가볍게 보는 건 아니야. 내가 말하고 싶은 건 넬이 북메이커와 대결하면서 내 승리 수를 거는 것에 부담을 가질 필요는 없다는 거야."

"……그 말은?"

"승산이 있어."

"오오?!"

제일 먼저 반응한 인물은 펄.

"역시 페이 씨예요! 넬 씨가 북메이커를 이기기 위한 비책이 있다는 말이군요!"

"그런 건 없어."

"네?! 그, 그럼 북메이커가 가져올 게임을 추측할 수 있다는 건가요?"

"아니, 전혀."

"그럼 어째서 승산이 있다고……."

"상대가 북메이커니까."

"······?"

"······?"

펄과 넬이 얼굴을 마주 보았다.

"페이 공? 그게 대체 무슨 뜻인가······?"

"나도 알려주고 싶지만, 아쉽게도 아직 확실하지 않아. 나도 북메이커와 싸우는 건 처음이니 괜한 기대감을 품게 하고 싶지 않아."

힐끔 옆을 보며.

창가 자리에서 지금도 휴대용 게임기에 몰두하는 레셰에게.

"레셰. 넬이 패배해서 내 승리 수가 줄어드는 건 싫어?"

"지지 않아."

레셰가 휴대용 게임기의 전원을 끈다.

지금 막 최고 난이도의 보스에게 승리한 듯하다.

"페이가 승산이 있다고 했잖아?"

"맞아, 있어."

"그럼 도전해봐야지."

신이었던 소녀가 생긋 웃는다.

"넬. 나도 응원할게."

"아, 넷! 레셰 님!"

"페이와 내가 응원하는데 설마 지지는 않겠지?"

“네? ……그, 그건…… 물론 최선을 다할 겁니다만…….”

“그렇지? 이렇게 기대와 시간을 들였는데 무참히 패배하는 건 말도 안 되지? WGT도 급히 중지하고 돌아가는 건데 그걸 헛되이 할 리가…… 어머? 넬, 왜 그래?”

“…….”

대답이 없다.

사도였던 소녀는 힘없이 좌석에 쓰러져 있었다.

“어휴. 내가 격려해주고 있는데 자다니, 실례잖아!”

“자는 게 아니라 기절했는데요?! 레셰 씨가 태연하게 압박을 주니까 그런 거라고요! 넬 씨! 넬 씨! 정신 차려요!”

기절한 넬의 어깨를 흔드는 펄.

그런 행동을 바라보며.

“2시간 후면 루인에 도착하겠네. 뭐하고 시간을 보낼까…….”

페이는 멍하니 그런 말을 중얼거릴 뿐이었다.

2

태양이 눈부시게 내리쬐는 정오.

밤늦게 성천도시 마르 라를 떠난 특급 열차가 지평선 너머에 있는 도시에 도착했다.

비적도시 루인.

대륙 곳곳에 존재하는 도시 중 하나로, 페이 일행의 활동 거점인 도시이다.

"돌아왔어요~!"

도시 입구인 승강장에 도착한 열차에서 펄이 달려 나왔다.

"관광 여행도 좋지만 역시 익숙한 풍경이 제일이에요."

"……여기가 루인인가."

뒤에 있던 넬이 늘어선 빌딩을 흥미진진하게 둘러보았다.

"페이 공. 이 빌딩들 중 무엇이 페이 공의 거처인가?"

"응?"

"설마! 여기 보이는 모든 건물이 페이 공이 소유한 빌딩인가?!"

"……."

한동안 묵묵히 생각에 잠긴다.

넬이 말한 빌딩이란.

"저기, 넬. 혹시 내가 빌딩 한 채를 통째로 갖고 있을 거라고 생각하는 거야?"

"내가 뭔가 오해했나?"

"나는 신비법원 숙소에서 살아. 빌딩은커녕 개집 하나 없어."

"뭐어?!"

넬은 들고 있던 여행 가방을 떨어뜨릴 뻔할 정도로 깜짝 놀랐다.

"페이 공은 신들의 놀이에서 6승 0패인데! 6승이라는 대기록을 세운 자는 스타 대우를 받아 전 세계에 별장을 소유하고 매일 호화로운 생활을 하는 게 아닌가?!"

"……뭐, 그런 사례도 있겠지."

신들에게 도전하는 사도는 인류를 대표하는 아이돌이다.

그중에서도 뛰어난 성적을 거둔 자는 신비법원에서도 각별한 대우를 받는다.

"나는 그런 승격 절차는 전부 방치하고 있었거든."

"어째서?!"

"신청해볼까 싶기는 했어. 마르 라에 가기 직전에는 말이지."

옆을 힐끗 돌아본다.

빈손으로 따라오는 레셰가 이쪽을 멀뚱멀뚱 바라보았다.

"서류를 작성하려 했더니 누군가가「그런 종잇조각에 시간 쓰지 말고 게임하자!」라며 방으로 들어와 방해했거든."

"……그렇군."

진지한 얼굴로 끄덕이는 넬.

"페이 공을 대할 땐 그렇게 밀어붙이면 된다는 건가. 좋은 정보를 들었군."

"……? 지금 무슨 말 했어?"

"아, 아니, 아무것도 아니다! 이제 신비법원 루인 지부로 가야겠지, 그만 가지!"

멍하니 고개를 갸웃하는 페이의 앞에서 넬이 다급히 등을 돌렸다.

　그 양옆에서.

"……지금 묘한 말을 했지?"

"……방심할 수 없겠어요오."

　레셰와 펄이 속닥속닥 무언가 이야기를 나눴지만 페이는 그 말을 듣지 못했다.

━━━━━━━━

　신비법원 루인 지부.

　지상 20층의 빌딩을 올려다본 넬이 주먹을 굳게 쥐었다.

"이곳이 루인 지부! 페이 공의 성인 셈인가!"

"……뭔가 크게 오해하는 것 같으니 말해두겠는데, 나는 루인 지부의 우두머리도, 지배자도 아니야."

"아니란 말인가?! 누구나 인정할만한 활약을 했는데!"

　넬이 퍼뜩 돌아보고는.

"……그럼 제일 높은 지위의 사람은?"

"대표라면 일단은 미란다 사무장님이려나. 본인은 제일 바쁜 잡무 담당이라고 말하지만 말이야. 나는 일개 사도에 불과하고 이 지부에만 사도가 천 명 정도는 있으니 나 말고도 유망한 인물은 잔뜩 있어."

"정확합니다!"

들어본 적 없는 소녀의 목소리.

빌딩 입구에서 눈에 띄는 분홍색 머리카락을 나부끼는 소녀가 서 있었다.

"후후후. 어서 오세요, 선배님들. 기다리고 있었어요!"

외모는 열다섯 살에서 열여섯 살 정도일까.

신장은 펄과 비슷한 정도로 레셰보다는 작은 듯했다. 루인 지부의 의례복을 입은 것으로 보아 분명 루인 지부의 사도이리라.

"그럼 미란다 사무장님이 기다리고 있을 테니 이만 갈까."

"기다리세요오오오오오!"

오늘 처음 본 듯한 소녀가 빌딩의 자동문 앞에서 보내줄 수 없다는 듯이 두 팔을 벌리고 앞을 가로막았다.

"저는 아니타 맨해튼. 올해 최고의 루키라고 불리게 될 예정이랍니다!"

초면인데다 들어본 적도 없는 이름이다.

올해 들어온 루키인 모양인데 그런 그녀가 대체 무슨 볼 일일까.

"음…… 아니타? 미안하지만 나도 바쁘거든. 할 말이 있으면 짧게 부탁해."

"당신에게는 볼일이 없어요."

"응?"

자신을 아니타라고 소개한 소녀의 대답은 페이도 전혀 예상하지 못했던 것이었다.

"제가 볼일이 있는 사람은 여기 계신 언니세요!"

"……어라?"

"……어?"

"……음?"

아니타가 가리킨 곳에서 펄, 레셰, 넬이 멍하니 눈을 깜빡였다. 그중에서도 가장 의아해하는 것은 펄.

"저희에게 무슨 일인가요?"

"펄 언니!"

그렇게 의아해하는 펄의 손을 아니타가 다짜고짜 붙잡았다.

"저는 「아니땅」이라고 불러주시어요!"

"네엣?! 가, 갑자기 무슨……."

"부디 저의 팀 『여제전선』에 들어와 주세요. 젊고 청아한 여자만을 모은 이상적인 팀이에요!"

눈을 반짝이는 아니타가 곧바로 펄의 얼굴을 들여다보았다.

앞머리와 앞머리가 닿을 정도로 가까운 거리에서.

"이 매끄러운 쇼트 헤어, 귀엽고 사랑스러운 맑은 눈빛. 살짝 덜렁이는 면에 일단 망상을 시작하면 멈추지 않는 전자동 착각 걸인 성격도 두말할 것 없어요! 백점 만점에 백점!"

"……무, 무무무무슨?!"

"거기에다 이 풍만한 가슴! 제 얼굴보다 큰 커다란 가슴골에 파묻히는 상상만 해도, 아아, 정말이지! 이 크기만으로 2억 점을 드리겠어요!"

"변태잖아요오?!"

아니타가 당당히 가슴에 얼굴을 들이밀기 시작하자 펄은 다급히 물러났다.

"그리고 검은 머리인 당신!"

"……어엇?!"

뒤이어 넬에게 다가가는 아니타.

자신보다 머리 하나 더 큰 넬을 빤히 올려다보고는.

"사복을 입고 계시지만 여길 걷고 있는 걸 보아 사도시겠죠. 합격입니다!"

"뭐, 뭐가?!"

"아아, 극상의 실크처럼 매끄러운 흑발. 늠름하고 당당한 눈빛. 늘씬하게 뻗은 다리를 보니 열심히 단련하셨군요. 정말이지 듬직한 감촉!"

"히이익?!"

그녀가 갑자기 허벅지를 만지자 넬이 펄쩍 뛰었다.

"무슨 짓이야?!"

"산양처럼 늠름한 허벅지! 이 허벅지 둘로 2백 점, 아니요, 2억 점 드리겠습니다. 저희 팀 『엠프레스』에서 함께 교

류해요!"

계속해서 표적 변경.

40도 정도 빙글 돌아 방향 전환. 아니타가 다가간 인물은 마지막으로 남은 신이었던 소녀다.

"레오레셰 언니! 전부터 사모하고 있었답니다!"

"뭐?"

"아, 정말이지, 이렇게 만나게 되어 날아갈 것만 같아요! 제 가슴의 고동, 들리시나요?!"

레셰의 손을 잡고 자신의 가슴에 가져갔다. 작지만 확실히 봉긋한 가슴에 레셰의 주먹을 꾹 가져다 대고는.

"어떤가요! 이 심장의 고동이!"

"심박수 72. 평균적이네."

"숫자의 문제가 아니에요! 그리고 이 뛰어난 미모에 1킬로 떨어져 있어도 눈에 들어올 정도로 선명한 주홍색 머리카락은 이렇게나 아름다우신가요! 한마디로 1조 점! 1조 점을 드리겠어요!"

"……?"

"저희 팀 『엠프레스』에 특별 객원의 자리를 준비하겠어요!"

"……저기."

어떻게 반응해야 할지 알 수 없어 하는 레셰.

아니타도 넬의 허벅지를 쓰다듬었던 것처럼 레셰를 만질 수는 없었던 듯하다.

대신 악수하는 손에 힘을 주고서.

"레셰 언니, 펄 언니, 넬 언니! 저희가 모은 단아한 여성들과 함께하시는 모습이야말로 언니들에게 어울리는 모습일 거예요. **이런 페이라는 변변찮은 남자 따위는** 내버려 둬요!"

정적.

그 한마디에 공기가 얼어붙었다. 아니타의 앞에 선 세 소녀의 주변 공기가 등골까지 얼어붙을 정도로 차갑게 식었다.

정작 아니타는 열변을 토해내느라 전혀 깨닫지 못한 듯했다.

"네, 그렇고말고요! 신들의 놀이에서 연승 좀 했다지만 그런 우연이 언제까지나 이어질 리가 없어요. 언니들에게 더 어울리는 팀이 있답니다. 그래요, 바로 저희 팀이에요!"

"……."

"……."

"……."

말이 없는 레셰, 펄, 넬.

세 사람 모두 고개를 아래로 숙인 탓에 표정을 알 수 없었다.

다만 아까부터 「내 페이가 변변찮다고?」, 「내 페이 씨의 활약이 우연?」, 「내 은인을 그렇게……」 하는 소리가 들린 것은 결코 페이의 기분 탓이 아닐 것이다.

그러나 아티나 본인은 아직도 열변에 빠져 있었다.

"다시 말씀드릴게요! 언니들에게 필요한 것은 이런 평범한 외모에 게임에서 우연히 이겼을 뿐인 남자보다 가련하고 아름다운데다 총명한, 거기에 포용력까지 갖춘 저희 팀이야말로……어라?"

그리고 이제야 깨달은 듯하다.

세 소녀가 아니타를 조금도 보지 않고서 뭔가를 이야기하는 모습을.

"그러게. 어디가 좋을까. 여자 화장실? 남자 화장실?"

"수풀 뒤가 좋아요. 벌레와 이파리 투성이 돼서……."

"창고 안에 가두는 것도 나쁘지 않겠지……."

"어머? 언니들?"

아니타가 눈을 깜박인다.

불길하고 수상하게 웃고 있는 세 사람이 무언가 즐거운 대화를 나눈다고 생각했는지 환하게 웃으며 다가간다.

"언니들도 참! 뭘 그렇게 즐겁게 이야기하세요? 저도 끼워주세요!"

"……마침 잘됐네."

"……마침 너를 버릴 곳을 이야기하던 참이었다."

"네?"

"……각오는 됐나요?"

펄이 가리킨 것은 아니타의 머리 위.

거기에 금색 워프 포탈이 나타나더니.

"사라지세요!"

"네? 어? 자, 잠깐만요, 언니이이이이이이이이?!"

아니타, 소실.

아무래도 펄의 힘으로 페이도 알 수 없는 먼 곳으로 날아가 버린듯하다.

"……저기, 그렇게까지 화낼 일은."

"화낼 일이야."

즉답하는 레셰.

"페이 씨를 우습게 여기는 아이는 후배라도 용서할 수 없어요!"

"음! 적당한 징계지."

뒤이어 펄과 넬.

"그……그래."

세 소녀의 강력한 주장에 압도된 페이는 단 한마디밖에 없었다.

3

신비법원 빌딩 7층.

햇살이 눈부시게 드는 집무실에서.

"어서 오세요, 레오레셰 님. 그리고 수고했어, 페이 군."

안경 낀 정장 차림의 여성이 이쪽을 보자 인사했다.

사무장 미란다.

캐리어우먼 분위기를 풍기는 가느다란 눈매에 지적인 용모의 여성이다.

"그럼 페이 군. 우선 마르 라에서 1승을 거둬 축하한다는 이야기도 하고 싶지만, 그보다 한 가지 먼저. 아까 1층이 시끄럽던데?"

"아, 그건……."

아니타 실종 사건을 말하는 듯하다.

"펄이 한 일이라면 상대방의 자업자득이라고나 할까요……."

"수풀에 떨어뜨려 이파리가 잔뜩 묻게 해줬어요."

뾰로통한 표정을 하는 펄.

이래 봬도 우수한 텔레포터인 펄은 두 종류의 전이를 쓸 수 있다.

① 순간 이동^{텔레포트}

반경 3미터 이내에 워프 포탈 두 개를 설치해 그 두 곳을 자유롭게 오갈 수 있다.

다만 다시 발동하기까지 30초의 쿨다운이 필요하다.

② 위상 교환^{시프트 체인지}

사람과 사람, 물건과 물건의 위치를 바꾼다.

다만 직전 3분 이내에 대상이 ①의 워프 포탈을 통과했거나 펄 본인이 건드려야만 한다.

……보통은 **둘 중 하나**만 가능한 경우가 많지.

……하지만 펄은 두 개 모두 쓸 수 있어.

사용하기에 따라서는 신들의 놀이에서 불리한 전황조차 뒤집을 수 있다.

아니타에게서 그런 열렬한 권유를 받은 것은 펄의 외모와 성격은 물론 그 신주^{어라이즈}도 매력적이었기 때문이 분명하다.

"들어주세요, 사무장님."

"알고 있어. 현관 감시 카메라로 확인했고, 지금도 일단 물어봤을 뿐이야."

미란다 사무장이 태연히 답했다.

"아니땅 말이지? 걔는 유명한 연애 게임 회사 사장의 외동딸이야. 「연애 게임을 섭렵한 자신은 현실 러브 코미디에서도 무쌍한다」며 자신이 좋아하는 여자를 모아 이상적인 화원을 결성하려고 애쓴다고 해."

"……독특한 아이가 입회했네요오."

"연애 게임 공략이라면 견줄 자가 없는 강자야. 다만 안타깝게도 신들의 놀이에는 연애 게임이라는 장르가 현저히 적단 말이지."

사무장이 어깨를 으쓱였다.

"이야기가 샛길로 빠졌네. 펄 군도 어서 와. WGT^{월드 게임즈 투어}에서는 큰 활약을 해줬어."

"가, 감사합니다!"

"나는 네가 입회했을 때부터 뛰어난 인재라고 생각했어. 우리 지부를 짊어질 아이라고 말이지."

"그런 얘기, 처음 듣는데요?!"

"뭐, 그런 농담은 넘어가고."

안경 렌즈 너머로.

미란다 사무장의 예리한 눈빛이 침묵하고 있는 검은 머리 소녀를 향했다.

"손님인 넬 군."

"네, 넷!"

넬이 등줄기를 쭉 폈다.

"이, 이번에 큰 신세를……저……페이 공은 물론 이곳 루인 지부의 사무 담당 여러분께도 큰 신세를 졌습니다! 저기, 이건 마르 라 화과자입니다."

"음? 타코야키 풍미의 화과자라니. 특이하네."

과자 상자를 팔에 낀 미란다 사무장.

아직 긴장한 넬에게 살며시 쓴웃음을 지어 보이고는.

"뭐, 솔직히 그래. 사무장으로서는 페이 군의 귀중한 1승을 걸고 북메이커에게 도전하지 않았으면 하지만 그걸 막을 권리는 없으니까. 하기로 한 이상 열심히 해봐."

"가, 감사합니다!"

"기대할게. 페이 군의 6승은 이미 과거의 영웅들과 어깨를 나란히 할 만한 숫자니까. 그리고 레오레세 님도 계시니 분명 인류가 도달하지 못한 10승을 노릴 수 있는 팀이야. 그런 1승을 거는 거잖니."

"……네. 충분히 통감하고 있습니다……."

"고작 3승밖에 못했으면서 잘도 페이 군의 환심을 샀다 싶지만 페이 군도 참 착하다니까. 넬 군이 지면 인류의 보물이나 마찬가지인 1승을 시궁창에 버리는 결과가 되는 셈이지만."

"……."

"어머, 물론 압박하려는 건 아니야. 열심히 해."

넬의 어깨를 두드린 사무장이 밝게 미소 지었다.

"지면 살아서 루인을 나갈 수 없을 거야. 어머, 내가 괜한 말을."

"으아아아앗?!"

"농담이야. 짓궂게 말하긴 했지만, 이 게임의 승패는 그 정도로 중요하다는 걸 잘 이해해줘야지. 이쪽도 애써서 준비하는 거니까. ……페이 군."

사무장이 돌아보았다.

"북메이커에게 언제 도전할 거니?"

"그건 넬에게 달렸어요. 언제가 좋아?"

"나, 나는 언제든 괜찮다! 각오와 결의는 이미 다졌어!"

넬이 자신의 가슴을 두드려 보였다.

"북메이커가 가져올 게임은 다른 신과 다르다고 들었다. 잔재주 같은 준비는 의미가 없겠지. 그렇다면 내 열의가 식기 전에 도전하고 싶다!"

"빨라도 모레일까."

미란다 사무장이 책상 위 모니터를 보며 말했다.

"아무래도 몇십 년은 사용되지 않았던 거신상이라 먼지가 많이 쌓였으니 지금 서둘러 청소하고 있어."

그리고 한숨을 쉰다.

"페이 군. 일단 물어보는 건데, 승산은 있지?"

"있어요."

"그럼 다행이네. 힘내."

어쩔 수 없다는 듯이 미소를 지은 미란다 사무장은 천장을 올려다보았다.

4

태양이 지평선 너머로 떨어지는 시간.

많은 가정이 저녁 식사 시간을 맞이할 무렵, 신비법원에 인접한 여자 기숙사에서 유독 즐거운 목소리가 들렸다.

"여자끼리 환영회, 시작합니다~!"

오렌지 주스가 든 컵을 든 사람은 주최자 역할을 맡은

펄이었다.

"자, 넬 씨, 좁지만 편히 쉬세요."

"……미, 미안하다."

"괜찮아요. 레셰 씨는 이미 제 침대에 누웠을 정도니까요."

이곳은 펄의 방.

이미 들뜬 펄. 테이블 앞에서 무릎 꿇고 앉은 넬. 제집인 마냥 펄의 침대에 누운 레셰의 감탄.

훌륭할 정도로 제각각인 모습이다.

"굉장해! 이 침대, 굉장해!"

침대 위에 엎드린 레셰의 감탄.

"굉장한 흡인력! 너무 푹신해서 일어날 수가 없어!"

"후후. 그렇죠? 제가 작년 급여를 모조리 쏟아서 구입한 『일단 잠들면 일어날 수 없게 되는 침대』예요! 매트리스 안에 트리플 스프링이 들어서 몸을 푹신하게 감싸주는 느낌을 줘요!"

"……새근."

"아니, 벌써 잠들었나요?!"

벌써 한 명 탈락.

환영회라고 부르기에는 너무나도 자유분방한 모임이었다.

"고맙다, 펄…… 나 같은 사람을 이렇게 환영해주는 것만이 아니라 방까지 빌려주다니."

"하하하, 신경 쓰지 마세요."

레셰가 깊은 잠에 빠져든 것을 확인한 펄이 장난스럽게 웃었다.

"저도 새로운 팀원이 있었으면 했거든요. 왜, 페이 씨나 레셰 씨는 목표랄까 동경의 대상이니까요. 저도 함께 그 두 사람에게 다가갈 수 있도록 노력하자고 이야기할 수 있는 사람이 있었으면 했어요."

"……."

"무, 물론 노력해야 한다는 건……꺅?!"

펄이 작게 비명을 질렀다.

묵묵히 듣고 있던 넬이 갑자기 무척 감동한 표정으로 와락 안았기 때문이었다.

"펄! 너는 참…… 왜 이렇게 착한 아이인 거냐!"

"네, 넬 씨, 갑갑해요!"

"이해해, 이해한다, 그 심정! 페이 공과 레셰 님은 신비법원의 미래를 짊어질 인재. 그런 팀에 참여한 우리도 평범해선 안 되겠지. 우리가 두 사람을 도울 수 있을 정도로 성장해야 한다! 그래야 팀원이라 할 수 있겠지!"

"그렇고말고요!"

굳은 악수를 나눈다.

지금, 숙면 중인 레셰 앞에서 뜨거운 약속이 맺어졌다.

"저희는 팀의 짐짝이 아니라고요! 탈 평범즈예요!"

"물론이지! ……응? 이 소리는?"

삐삐.

거실 안쪽에서 귀여운 전자음이 울렸다.

"목욕물이 준비됐네요. 넬 씨가 먼저 씻으세요."

"그, 그럴 수는 없지! 집주인인 펄보다 먼저 할 수는……!"

"넬 씨가 손님이니까요!"

"펄이 집주인이잖아!"

"손님이 먼저예요오!"

"집주인을 배려하는 것이 손님의 예의다!"

첨예하게 대치하는 두 사람.

그러기도 잠시, 먼저 한숨을 내쉰 것은 펄이었다.

"……알겠어요. 그럼 같이 들어가요."

"뭐?"

"밥이나 목욕은 친목을 다지기에 아주 좋은 이벤트라고 석기 시대 고문서에도 적혀 있잖아요. 우리도 선조들의 가르침을 따라야죠!"

"석기 시대의 고문서?"

"자, 레셰 씨. 레셰 씨도 일어나세요."

숙면 중인 레셰를 깨우려는 펄.

"……으음. 왜 그래?"

레셰가 흐릿하게 눈을 떴다.

"게임할 거야?"

"목욕할 거예요."

"……목욕?"

"네, 셋이서 같이 목욕해요. 친목도 다질 겸."

"……!"

갑자기 눈을 부릅뜬 레셰.

그러더니 용수철처럼 벌떡 일어나 흐트러진 옷을 어색하게 가다듬는 것이 아닌가.

"급한 일이 떠올랐어."

"레셰 씨?"

"미안. 나는 밖에 다녀올 테니까 목욕은 너희 둘이서 해."

대답을 기다리지 않고 밖으로 나갔다.

둘만 남겨진 펄과 넬.

"어라…… 무슨 일일까요? 하지만 어쩔 수 없네요. 저희만이라도 같이해요."

펄이 고개를 갸웃하며 팔짱을 꼈다.

"넬 씨, 먼저 욕실로 들어가세요. 저는 테이블 위 컵을 정리하고 들어갈게요."

"그래, 알았다."

1인용 욕실이라서 탈의실도 제법 좁다.

넬은 나중에 올 펄 앞에서 옷을 벗고 욕실로 들어갔다.

부드럽게 전해지는 욕실 온기.

코를 간질이는 달콤한 향기는 벌꿀 입욕제이리라. 욕조

물이 아련한 유백색이었고, 어린이용 오리 장난감이 떠다녔다.

"상당히 귀엽군. 내 욕실과는 전혀 달라."

목 아래로 물을 뿌려 몸을 씻었다.

그러는 사이에 욕실 문이 열리고 증기 너머로 펄의 목소리가 들렸다.

"오래 기다리셨죠? 온도는 어때요?"

"아, 지금 들어가려고……."

넬의 목소리가 굳었다.

목에서 말 나오지 않았다. 그 이유는 넬의 모든 의식이 수증기 너머로 떠오른 실루엣에 집중됐기 때문이다.

실오라기 한 올 걸치지 않은 펄의 육체.

그것은 넬이 과거에 만났던 것 그 어떤 신들 이상의 충격이었다. 주로 펄의 극히 일부의 부풀어 오른 부위가.

"……저, 정말이지, 훌륭한……."

"네? 왜 그러세요, 넬 씨?"

신보다 충격적인 육체의 소녀가 눈을 깜박였다.

반면 넬은 펄의 흉부에 있는 거대한 두 언덕에서 눈을 뗄 수 없었다.

"펄…… 이렇게 굉장한 걸 갖고 있었군. 옷을 입었을 때도 크다고 생각했는데, 입었을 때보다 벗었을 때가 더 크다니……?!"

"네? 저기."

넬의 시선을 알아차린 펄이 자신의 가슴을 내려다보았다.

"아, 그러고 보니 요즘 또 속옷이 갑갑해지기 시작했어요. 그래서 속옷을 벗었을 때 그렇게 보이는 건지도 모르겠네요."

"봉인에서 해방!"

"그게 무슨 말이에요?!"

한마디로 말해서.

모든 봉인을 해방한 펄의 가슴은 굉장했다.

"펄, 뭐가 평범하다는 거냐. 이렇게 부러운 걸 가졌으면서……."

무의식중에.

넬의 시선은 살며시 상기된 커다란 골짜기에 빨려 들어갔다.

"혹시 가슴에 수박이라도 넣은 건가?"

"그게 무슨 마법이에요?!"

"……두 손으로 가려지지 않고, 뒤로 돌아도 등 너머로도 보일 정도로 크고, 그만한 질량인데도 전혀 쳐지지 않은 훌륭한 탄력. 마치 갓난아기의 피부처럼 매끄럽고 양옆에서 모으지 않아도 자연스럽게 생기는 골짜기는 부드러운 게 정말 선정적이고……."

"해설하지 마세요!"

"……탱글탱글해."

"의성어도 안돼요!"

"펄이 신들의 봉오리라면 나는…… 지평선이 보이는 대평원이다……!"

"시적 표현이에요?!"

"큭!"

깨닫고 보니 넬은 욕실 벽에 내몰려 있었다.

모든 것을 깨달았다. 어째서 레세가 다급히 방에서 나갔는지를.

두려워한 것이다.

신이었던 레세조차 펄이 가진 두 가슴은 당해낼 수 없다고 판단해 물러난 것이다.

"저, 저기, 넬 씨. 그렇게 이를 악물고 머리를 흔들어도…… 아! 맞아요. 넬 씨도 좋은 부분이 있잖아요!"

펄이 빠르게 말을 이었다.

"오늘 아침 아니타라는 아이가 말했잖아요. 넬 씨의 훌륭한 부위는 바로 그 허벅지예요!"

다부진 넬의 허벅지.

애초에 넬은 스포츠 만능 소녀다. 거기에 신주 『모멘트 반전』은 넬이 찬 대상을 에너지, 질량의 크기에 상관없이 튕겨내는 힘이 있다.

다리를 사용하는 어라이즈.^{어라이즈}

따라서 넬의 허벅지는 산양처럼 늘씬하게 단련되어 있다.

"그, 그렇군……! 이게 내가 내세울 부위였어!"

넬이 눈을 부릅떴다.

"이제 페이 공이 깨닫게 하면 된다! 다부진 여자의 허벅지를 쓰다듬고 싶어지는 취향이었다는 걸!"

"페이 씨를 변태처럼 말하지 마세요!"

═══════════════

같은 시각.

여자들의 비밀 모임에서 자신의 이름이 연달아 불린다고는 꿈에도 모르는 페이는 남자 기숙사에서 혼자 책상 위 메모와 마주하고 있었다.

33, 30, 31, 60.

갈겨쓴 단 한 문장.

그것을 구멍이 뚫어져라 빤히 바라보았다.

"……우리의 도전장이다. 받아라, 북메이커."

페이는 주먹을 쥐었다.

Player.2 넬의 패배와 확정된 승리

1

다이브 당일.

신비법원의 지하 다이브 센터에는 독특한 모양의 거신상이 하나 놓여 있었다.

북메이커와 연결된 거신상. 30년 정도 그 신에게 도전하는 사도가 나타나지 않았기에 어제까지는 창고에 안치되어 있었다.

"거신상 형태도 다르네. 거인의 손 같은 모양이야."

이 거신상은 페이도 처음 보는 형태다.

루인 지부에 보관된 거신상은 전부 다섯 개.

그중 네 개가 용의 머리를 본뜬 모양이지만 북메이커 전용 거신상은 다른 모습을 하고 있었다.

"그러고 보니 정말로 방송 카메라가 없네요, 사무장님."

"응. 생방송을 할 수 없어서 방송 스태프를 데려와도 의미가 없어. 그렇다면 인원과 비용은 절감하는 게 맞잖아?"

다이브 센터에서 페이 일행을 맞이한 것은 사무장 미란다 혼자뿐.

평소라면 방송 카메라가 거신상을 둘러싸고 거기에 도전하는 사도들을 찍는데, 그런 방송 기재들과 스태프가 전혀 보이지 않는다.

페이 일행 네 명과 미란다 사무장.

모두 다섯 명이 다이브 센터에 모인 상황이다.

"어제 살짝 설명했지만, 북메이커의 엘리먼츠에서는 어째서인지 신안 렌즈가 기능하지 않아. 그래서 다이브하면 너희의 동향을 살필 수 없어."

외부 간섭을 허락하지 않는다.

아마도 북메이커가 「인간과 신의 일 대 일 대결」을 바라는 신이기에 엘리먼츠를 그렇게 설정했을 것이다.

"시간 됐네. 뭐, 언제 다이브해도 상관없지만."

손목시계를 보는 미란다 사무장.

"페이 군, 컨디션은 좋아?"

"저는 언제든 괜찮아요."

"레오레셰 님, 언제가 좋으세요?"

"지금 바로!"

"펄 군, 아침밥 먹었니?"

"먹었어요!"

"그리고……."

네 사람의 선두.

거인의 손을 본뜬 거신상, 그 손바닥이 빛나며 빛의 문이 만들어진 광경을 가만히 올려다보는 검은 머리 소녀.

"넬 군."

"사력을 다하겠습니다."

묵묵히 북메이커의 거신상을 바라보던 넬이 단 한 마디, 그렇게 답했다.

"반드시 북메이커를 이기고 돌아오겠습니다!"

"그래. 그럼 응원할게."

빛나는 문 너머로.

처음 상대하는 신이 기다리는 엘리먼츠로 페이 일행 네 사람이 뛰어들었다.

신들의 놀이터 「인간의 마음을 비추는 모형 정원」

VS『치기와 위장의 화신』그리모어

게임, 개시.

2

지고한 고위의 신들이 초대하는 신들의 놀이.

신들에게 선택받은 인간은 사도가 되어 영적 상위 세계 「신들의 놀이터」에 오갈 수 있게 된다. 어떤 공간에서 어떤 게임이 기다릴 것인가.

그것은 신만이 알 것이다. 그리고.

페이 일행이 도착한 곳은 작은 카지노였다.

회색 벽에 둘러싸인 작은 방.

천장에는 조명 하나뿐. 그 아래에는 파란 바탕에 테두리를 금색으로 가공한 카지노 테이블이 놓여 있었고, 테이블 위에는 코인이 쌓여 있었다.

"……어?"

고작 사방 몇 미터밖에 안 되는 작은 방을 둘러본 레셰가 눈을 깜박였다.

"있지, 페이. 어쩐지 쓸쓸한 카지노 같은 엘리먼츠네."

"그래. 정말 특이한 곳이야."

이곳이 북메이커의 세계.

지금까지 다이브했던 어떤 세계보다 좁고 어두웠다.

"중요한 신은?"

도전자인 넬이 의아한 듯이 두 눈을 가늘게 떴다.

"이렇게 좁은 곳, 게다가 카지노 같은 공간에 우리를 초대하다니…… 북메이커는 뭘 하고 싶은 거지?"

『이곳은 마음을 비추는 다상 공간.』

뚜벅.

작은 발소리에 이어 **들어본 적 있는 소녀의 목소리가 들렸다.**

『이 공간은 네 마음이 만든 거야. 좁은 방은 네 불안의 구현. 천장의 빛이 강한 것은 네가 나름대로 미래를 바라고 있으니까. ……흠. 카지노 테이블은 훌륭하네. 나와 겨루고 싶다는 마음은 있는 모양이야.』

조명이 닿지 않는 어둠 속에서 장신의 소녀가 나타났다.

검은 머리의, **넬 렉클리스**가.

"……넬 씨가 두 명?!"

눈앞에 펼쳐진 현실에 펄의 비명이 울려 퍼졌다.

똑같은 두 명의 넬을 몇 번이고 비교해보지만 신장과 체격, 목소리와 머리카락 색까지 전부 똑같았다.

유일하게 다른 점은 눈동자의 색.

진짜 넬이 진한 보라색인 것에 비해 새롭게 나타난 넬의 눈동자는 호박색.

『기쁘네. 오랜만에 보는 인간이야.』

인간과 똑같이 변한 신이 웃었다.

진짜 넬은 절대로 하지 않을 법한, 입술을 쓱 들어 올린 웃음.

『그럼 오랜만에 놀아볼까.』

그 눈빛이 정면에 선 진짜 넬을 향했다.

"……그건, 내게 하는 말인가?"

『네가 도전하러 온 거잖아?』

넬의 질문에 넬의 모습을 한 신이 끄덕였다.

『내게 이기면 네 「1패」를 지워주지. 이야기가 빠르다고? 여긴 그런 곳이거든. 네가 무엇을 바라는지 당연히 알고 있지. 설명은 필요 없어.』

"아니. 설명이 필요한 건 우리야."

두 넬 사이에 끼어들 듯이 페이가 입을 열었다.

"네가 우리를 이해한 것처럼 우리도 너를 알고 싶다."

『어째서?』

"게임의 대전 상대를 알고 싶은 건 당연한 이야기잖아?"

『그리모어.』

넬의 모습을 한 신이 눈앞 카지노 테이블 위로 뛰어올랐다.

카지노 테이블을 의자 삼아.

『나는 부정형의 신. 미믹, 셰이프시프터, 도플갱어. 인간들은 전부터 200개 정도의 이름으로 불렀지.』

"그리모어라는 이름이 지금 네가 마음에 든 이름인가?"

『글쎄. 다른 이름을 붙여줘도 좋아.』

그 순간.

페이는 펄이 반짝이는 것을 보았다.

"저요! 그럼 그리모어라는 딱딱한 이름은 그만두자고요! 오늘부터 당신의 이름은 『호박색 눈동자의 변모신』! 애칭은 바로 앰갓!"

『인간, 센스 없네.』

"나쁘지 않잖아요오오오오!"

『또 묻고 싶은 건? 나는 빨리 놀고 싶어 못 참겠어.』

"룰을 알려줘."

페이가 시선을 옮긴 곳은 다상신이 앉은 카지노 테이블이었다.

트럼프와 주사위, 코인.

다양한 놀이 도구가 산재한 테이블을 보며.

"우리는 넬의 복귀가 목적이야. 너와 넬이 일 대 일로 게임 대결한다. 거기서 이기면 넬의 3승 3패에서 「1패」가 사라져 3승 2패가 된다."

『맞아.』

북메이커의 장난스러운 눈빛.

『거는 건 1승이든 2승이든 상관없어. 많으면 많을수록 게임을 즐길 수 있으니까. ……그래서, 거는 건 네 승리 수?』

"그래."

호박색 눈동자를 똑바로 응시하며.

"내가 넬에게 거는 승리 수는 3."

"뭐?!"

"네에?!"

넬이 깜짝 놀라 돌아보고, 펄이 펄쩍 뛰었다.

"기다려다오, 페이 공! 그런 이야기는 한 번도 들은 적 없다!"

"저도 그래요!"

"어젯밤에 정했어. 둘 다 진정해."

페이는 맹렬한 기세의 두 사람을 달랠 생각으로 천천히 고개를 저었다.

"이기면 넬이 단번에 3승 0패가 돼."

"지면 페이 씨가 큰일이라고요! 6승 0패에서 3승까지 떨어지잖아요! ……에잇, 도와줘요, 레쎄 씨!"

펄이 돌아본 곳은 주홍색 머리 소녀.

"페이 씨한테 뭐라고 해주세요!"

"나는 페이가 어떻게 하든 상관없어."

"치명적으로 의지가 안 되잖아요오오?!"

『내기 성립.』

넬의 모습을 한 신이 카지노 테이블에서 내려왔다.

『기쁘네. 지금까지 이렇게 승리 수를 많이 건 인간이 있었던가?』

"……넬."

얼굴이 굳은 소녀의 어깨를 두드린 페이가 한 발짝 물러났다.

"내가 할 수 있는 건 여기까지야. 그리고 승산은 있어. **게임이 어떤 국면에 빠진다 해도 말이야.** 그러니 마음 편히 먹어."

"며, 면목 없다!"

검은 머리 소녀가 발을 내디뎠다.

"겨뤄보자, 북메이커! 네 게임을 보여라!"

『포커.』

"……뭐?"

『네가 이기기 쉬운 게임으로 하자. 인간의 게임이 더 익숙하잖아?』

신이 트럼프 케이스를 들고서 넬을 향해 던졌다.

케이스에 부착된 특수 스티커. 누구도 케이스를 열어보지 않았다. 그것은 즉, 게임에 속임수가 없다는 증거이기도 하다.

그러나.

『오랜만에 온 손님이라 기분이 좋아. 이 행운을 놓치지 마.』

따라서 포커.

신이 만든 게임이 아니라 인간이 만든 게임 대결.

『아, 깜박했네.』

다상신 그리모어가 호박색 눈동자로 이쪽을 보았다.

넬의 뒤에 선 페이 일행에게.

『이 게임은 어떠한 형태의 조언과 응원을 금지한다. 너희는 조용히 지켜봐. 시끄럽게 굴면 바로 쫓아낼 거야.』

"알겠어."

북메이커의 영역에서는 신안 렌즈가 작동하지 않는다.

그것은 북메이커가 인간 도전자와 일 대 일을 바라기 때문이라고 추측되는 만큼 여기까지는 예상하던 범주다.

"이쪽은 우리끼리만 대화하지. 게임이 끝날 때까지 넬에게 말을 걸지 않겠어."

『그럼 게임 시작이다.』

포커.

트럼프 다섯 장을 사용해 승패를 겨루는 게임.

카드 패의 강함만을 겨루는 것이 아니라 코인 가감도 달라진다.

그러나.

북메이커가 이 게임을 제안한 것은 페이도 예상 밖이었다.

……일반적으로 포커는 마인드 게임으로 평가되지만 현실은 달라.

……**이 게임은 운에 달렸어.**

승패에서 기술 개입도가 무척이나 낮다.

우선 손에 든 카드 조합이 완전히 운의 영역이다.

어지간히 극단적인 상급자와 초보의 대결이 아닌 한 손에 든 카드만 강하면 상대가 아무리 심리전이 뛰어나다 해도 반드시 승리한다.

그 증거로 포커 세계 대회는 우승자가 매년 바뀐다.

그 어떤 상급자라도 안정적으로 승리만 하기는 불가능하다.

설령 신이라 해도.

『룰은 단순해. ①, 다섯 장의 카드를 배분한다. ②, 플레이어는 번갈아 가며 한 번씩 불필요한 카드를 교환한다. ③, 완성된 카드 조합으로 코인을 걸고 겨룬다.』

"……."

트럼프 케이스를 바라보는 넬.

"이 트럼프에 속임수는 없겠지? 나와 너의 정정당당한 대결이라고 했으니."

『속임수는 전혀 없어. 너도 확실히 이길 수 있는 게임이지. 이론상으로는 말이야.』

"……."

넬의 눈썹이 움찔거렸다.

북메이커가 넌지시 말한 의도는.

『이론상으로는 정정당당한 대결. 하지만 아마도 너는 내게 이길 수 없을 거야.』

"……어째서 그렇게 단언하지?"

『글쎄. 하지만 먼저 알려준 건 내 나름대로의 서비스야. 그러니까 뒤집어봐.』

카지노 테이블을 끼고 마주한 신과 인간.

양쪽에 다섯 개의 코인.

『상대의 코인을 전부 빼앗으면 승리야.』

"이론은 없다."

『이번에 건 승리 수는 3. 내가 이기면 저 인간의 3승이 사라져. 대신 네가 이기면 네 3패가 전부 사라져.』

"받아주마!"

테이블 위의 코인을 거머쥔 넬이 소리쳤다.

"나는 질 수 없다. 페이 공의 기대를 저버릴 수는 없어!"

『…….』

북메이커는 무언.

그 호박색 눈빛으로 넬이 든 트럼프 케이스를 가리켰다. 「네가 섞어 네가 나눠주라」는 뜻을 담아.

VS 북메이커, 『포커』 제1게임.

넬 자신이 카드를 섞어 다섯 장을 배분.

넬이 카드를 나누어주었으니 신의 속임수는 없다.

……물론 신이니까, 트럼프 그림을 바꾸는 건 일도 아니겠지만.

……아마도 그런 짓을 할 녀석은 아닐 거야.

신은 속임수를 좋아하지 않는다.

신이 바라는 것은 절대적인 승리가 아닌 그저 즐겁게 게임하는 것이니까. 따라서 이 대결은 속임수가 없는 순수한 포커 대결이다.

하지만, 이곳은 신의 세계. 순수한 포커라 해도 인간의 상식이 통하지 않는다.

"……떴어?"

넬이 배분한 다섯 장이 차례차례 공중으로 떠올랐다.

그것이 과거 페이와 레셰가 했던 「삼차원 짝 맞추기」처럼 공중에 깔끔하게 나열됐다.

"네 간섭인가."

『카드를 쥘 수고를 덜어준 거지. 이렇게 하면 생각에 집중할 수 있잖아?』

북메이커의 카드도 마찬가지로 공중을 부유 중.

물론 뒤집혀 있기에 넬과 페이 일행은 신의 카드를 엿볼 수 없다.

『나는 너의 카드를 볼 수 없어. 볼 생각도 없지.』

"……알았다."

카드가 떠오른 것으로 넬의 카드는 뒤에서 대기 중인 페이 일행도 볼 수 있었다.

보유 카드 「2, 5, 5, 8, Q」.

5의 원 페어. 여기서 5를 뽑아 스리 페어 이상이 나오면 승률이 크게 오를 것이다.

다만.

『괜찮은 카드가 나왔어?』

북메이커의 카드는 미지수. 그것이 문제다.

『서로 코인 다섯 개가 있어. 한 게임마다 참가비로 1코인을 지불해.』

"……알았다."

중앙으로 던져진 두 장의 코인.

넬과 북메이커에게 남겨진 것은 코인 네 개. 이것이 제로가 된 사람이 패배한다.

『계속해서 카드 교환이야. 나는 두 장을 남기고 세 장 교환하겠어.』

"나도다."

넬, 북메이커 모두 세 장의 카드를 가리켰다.

지정된 카드 세 장이 나뭇잎처럼 날아가 테이블로 낙하. 대신 새롭게 세 장이 떠올랐다.

세 장 교환.

이 시점에서 두 사람의 카드를 추측할 수 있다. 넬과 북메이커 모두 원 페어였을 것이다. 거기서 스리 페어 이상을 노리고 세 장을 교환.

……그렇다면 넬이 약간 불리해.

……넬은 5의 원 페어. 이건 원 페어 중에서도 약한 쪽이니까.

5는 6, 7, 8, 9, 10, J, Q, K, A에 진다.

북메이커의 원 페어가 5 미만일 가능성은 낮겠……지.

"……."

새롭게 들어온 카드를 본 카드를 보고서 넬이 살며시 숨을 죽였다.

「3, 5, 5, 7, 7의 투 페어」. 더 좋은 조합이 됐다. 강하지 않지만 충분히 이길 가능성이 생겨났다.

반면.

그런 넬의 표정을 뚫어져라 바라보는 북메이커.

『……..』

교환 후의 카드를 본 것은 1초도 안 될 정도의 찰나의 시간.

자신의 카드를 응시한 넬과 상대의 표정을 응시한 북메이커.

『그럼 너부터 골라.』

카드 교환이 끝나고 시작되는 북메이커의 심리전.

플레이어는 세 가지 행동을 선택할 수 있다.

① 배팅 : 판돈 의사 표시. 0개도 가능하며 그럴 경우 참
　　　가비 1개로 대결.
② 콜 : 지금 건 코인 장수로 카드 개시.
③ 레이즈 : 판돈으로 거는 코인을 늘림.
　　　　　(=자신의 패에 자신이 있다는 것을 시사)
④ 폴드 : 항복. 코인을 잃는 대신 상대의 레이즈를 거부
　　　할 수 있음.

"나는 코인 하나를 배팅하지."

넬의 코인은 셋. (참가비로 한 개, 배팅으로 한 개)

그 선언으로 넬의 모습을 한 신이 씩 웃었다. 걸렸다고 말하는 듯이 불길한 미소를 떠올리며.

『레이즈.』

가지고 있는 코인 네 개를 전부 앞으로 내밀었다.

『나는 코인 전부를 걸겠어.』

"올 인이라고?!"

『자, 네 차례야. 나와 마찬가지로 코인 전부를 걸고 콜하든가, 폴드하든가. 내 카드가 허세라고 생각하면 끝까지 해봐.』

넬이 가능한 것은 콜이나 폴드 중 하나.

콜은 한 번에 승패가 정해진다.

폴드라면 코인 두 장을 잃지만 다음 게임에서 역전할 수

있다.

"……."

넬의 카드는 5와 7의 투 페어.

결코 강하지 않지만 상대에게 이길 가능성도 충분히 있다.

이기면 코인을 전부 빼앗아 넬의 승리. 즉 3승 3패에서 3패가 사라져 그토록 바라던 사도로 복귀를 할 수 있다.

그렇다. 너무나도 선명하게.

꿈을 꾸어 가위에 눌릴 정도로 바라던 복귀의 꿈이 여기서 이기기만 한다면.

"아니!"

넬이 어금니를 깨물었다.

"이건 함정이다……그렇지?!"

『응?』

"너무 잘 맞춰진 이야기야. 너라는 신을 상대로 1분도 걸리지 않고 결판을 내려 할 정도로 나는 성급하지 않다!"

뒤집힌 카드 다섯 장을 테이블 위로.

"폴드."

무조건 항복.

넬의 코인은 이제 세 개. 반면 넬의 코인을 얻은 북메이커는 일곱 개.

『흐음?』

북메이커의 카드가 드러나도록 빙글 반전.

그 카드는 「A, A, J, J, 4」의 투 페어. 넬의 투 페어보다 위. 다시 말해.

승리에 급급해 올 인으로 대결했더라면 넬이 패배했을 것이다. 코인을 전부 잃고 재기는커녕 페이의 3승까지 잃었을 것이다.

"……사, 살았어요."

펄의 뺨을 타고 흐르는 땀.

"넬 씨의 직감이 날카로워요! 신의 카드가 강하다고 생각해 폴드! 코인 두 개를 잃었지만 아직 게임은 끝나지 않았어요. 나쁘지 않네요, 페이 씨!"

"……."

"페이 씨?"

"지금 게 직감이었다면 좋겠는데."

그렇게 대답한 것은 레셰였다.

혼잣말에 가까운 그 중얼거림은 대결에 집중하는 넬에게 들리지 않았을 것이다.

『두 번째 게임으로 넘어갈까.』

북메이커의 선언.

『네가 섞고 네가 배분해.』

"……알았다."

공중에 떠올랐던 카드 열 장이 낙하. 그것을 모은 넬이 다시 신중하게 섞은 뒤 다섯 장씩 배포.

제2게임 : 넬의 소지 코인 3, 북메이커의 소지 코인 7.

공중으로 떠오르는 열 장의 트럼프.

첫 번째 게임과 마찬가지로 페이 일행은 넬의 등 너머로 카드를 볼 수 있다. 그 다섯 장을 들여다보고 펄이 살며시 숨을 죽였다.

「A, 2, 6, 8, Q」

노 핸드. 첫 번째 게의 원 페어보다도 약한 최약의 카드.

그렇다면 북메이커는?

『…….』

호박색 눈을 한 신은 미동도 하지 않고 테이블 너머의 넬을 바라볼 뿐. 바위처럼 미동도 하지 않고서 넬의 일거수일투족을 관찰했다.

『게임 참가비부터. 서로 코인을 한 개씩 내자.』

테이블에 코인 두 개가 던져졌다.

이것으로 남은 코인은 넬이 둘, 북메이커가 여섯.

『카드 교환은?』

"……나는."

다섯 장의 카드를 본 넬.

"네 장 교환이다."

A를 제외한 카드를 버리고 네 장의 카드를 보충한다.

이것이 최선책이다.

포커는 조합과 카드의 숫자로 강함이 정해진다.

A는 최강의 숫자. 설령 가장 약한 원 페어라도 A 원 페어라면 북메이커의 카드에 따라서는 승리할 수 있다. 그런 약간의 기대였지만.

『나는 한 장.』

"네?!"

북메이커의 선언에 관객인 펄이 비명을 질렀다.

딱 한 장만 교환한다 = 남은 네 장은 조합을 이루고 있다. 다시 말해 투 페어나 스리 카드가 완성됐다.

……혹은 플러시나 스트레이트를 노리고 한 장 교환.

……어느 쪽이든 강력한 카드야.

넬은 노 핸드.

여기서 북메이커에게 스리 카드가 이미 완성됐다면 절망적이다. 그 이유는.

"……."

넬이 교환한 결과는 A, 5, 6, 10, K의 노 핸드.

강한 허세로 상대의 폴드를 유발하는 선택도 없는 것은 아니지만 스리 카드 이상의 패가 완성된 상대에게 폴드를 선언할 이유는 없다.

……이게 운 게임인 이유지.

……상대의 카드가 강하면 심리전이 성립하지 않아.

넬의 코인은 두 개.

코인을 하나 걸고 허세로 대결하면 설령 진다해도 코인은 아슬아슬하게 한 개 남는다. 다음에 기대를 걸어볼 수도 있지만…….

"나는 하나 배팅……."

『하나 레이즈.』

"……!"

넬의 말이 끝나기도 전에 신의 말이 차단.

신이 암시한 것은 넬의 코인을 전부 걸라는 것. 첫 번째 게임보다 상황이 좋지 않다. 그 이유는 넬의 조합은 노 핸드. 허세로 심리전을 걸려 해도 처음에 한 장을 교환하며 자신감을 드러낸 신이라면 폴드하지 않을 것이다.

『자, 선택할 시간이야.』

호박색 눈동자가 넬을 날카롭게 노려보았다.

『네 코인 전부를 걸고 콜. 좋은 카드가 들어왔을 것 같지는 않지만.』

"……."

넬이 어금니를 깨물었다.

들켰다. 북메이커가 카드를 투시할 것도 없이 넬이 카드 네 장을 교환한 시점에 이미 손에 든 카드가 좋지 않다는 것은 명백하다.

길고 긴 침묵 끝에.

넬의 입술에서 힘겨운 목소리가 흘러나왔다.

"……폴드."

『안타깝게 됐네.』

넬의 모습을 한 신이 웃었다.

그 다섯 장의 카드. 4, 7, 8, 9, Q의 노 핸드가 공중에서 뒤집혔다.

『콜했더라면 네가 이겼을 텐데.』

"말도 안돼!"

넬이 벌떡 일어났다.

하늘하늘 테이블 위로 내려온 다섯 장의 카드를 핏발이 선 눈으로 노려보았다.

넬은 「A, 5, 6, 10, K」의 노 핸드.

북메이커는 「4, 7, 8, 9, Q」의 노 핸드.

최강의 숫자인 A가 있으니 같은 노 핸드라도 넬이 승리한다. 그것은 룰을 따른 이론이지만 간과할 수 없는 점은.

"어째서 한 장을 교환했지?! 네 카드라면 두 장을 버리고 스트레이트도 노릴 수 있었다! ……아니, 원 페어든 투 페어든 노리는 게 좋았을 텐데!"

『카드의 강약은 아무래도 좋아.』

"……뭐?"

『이 두 번째 게임은 처음부터 예상했던 바였어. 내가 허세로 밀어붙이면 너는 반드시 폴드할 거라고 예측했지. 왜냐하면 너는 승리를 바라지 않으니까.』

"뭐! 그렇지는!"

『아니, 너는 이기고 싶은 게 아니야. **지고 싶지 않을 뿐**이지.』

넬이 지닌 다섯 장의 트럼프.

콜했더라면 승리했을 카드를 가리키는 신.

『나하고 대결하기 전에, 네가 뭐라고 말했지?』

"뭐?"

『너는 이렇게 말했어. **나는 질 수 없다**라고. 컴백하고 싶다면 이기겠다고 말해야 하잖아? 나는 그 시점에서 확신했지. 아, 이 인간은 패를 지울 수 있는 승리보다 자신이 패배해 동료의 승리를 잃는 걸 두려워하는구나 하고.』

"그, 그건……."

넬이 떨었다.

그렇다. 분명 잠깐 했던 말이다.

되도록 위험 부담을 지지 않고 이기고 싶다.

그 최선의 방법이 자신에게 승리의 카드가 올 때까지 승부를 포기한다는 것이며, 넬은 그것을 선택했다. 그것이 최대의 실수였다.

승부처는 **지금**이었다.

『너, 리스크도 지지 않고 신에게 이길 수 있을거라 생각했어?』

신은 자상하지 않다.

리스크를 덜어낸 전술일수록 폴드가 늘어난다. 그렇다면 신은 당당히 허세를 부릴 수 있다. 넬의 생각이 훤히 드러났으니까.

『그리고 네 코인은 이제 한 개. 이제 폴드는 불가능해.』

다음 게임의 참가비로 마지막 코인을 사용한다.

폴드 불가능의 강제 대결.

"……내 카드가 너보다 강하면 돼!"

넬이 마지막 코인을 쥐었다.

제3게임 : 넬의 소지 코인 하나, 북메이커의 소지 코인 아홉.

넬 자신이 섞고, 넬 자신이 배분한 다섯 장의 카드.

그 모습을 열렬히 바라보는 펄.

"……부탁이야……부탁이에요……! 제발 강한 카드……!"

넬의 등 너머로 그녀의 카드를 들여다보았다.

넬의 카드, 「9, 4, 5, 6, 7」

노 핸드. 다만 두 번째 게임 때와는 결정적으로 다른 점은 「4, 5, 6, 7」을 축으로 「34567」이나 「45678」의 스트레이트를 노릴 수 있다는 것.

확률은 약 15퍼센트.

원하는 카드가 나오지 않으면 노 핸드지만, 나온다면 높은 확률로 승리할 수 있는 강력한 조합.

"한 장 교환한다!"

넬이 외쳤다.

『강한 조합을 노리나 보네. 한 장 교환이라면 적어도 투 페어 이상…… 풀 하우스이거나 플러시, 혹은 스트레이트인가.』

북메이커는 담담하게 두 장을 교환.

『하지만 말이지. 강한 조합은 그렇게 쉽게 모이지 않으니까 강한 거야.』

"하지만 해내야 한다!"

넬이 움직였다.

쌓아둔 트럼프. 그 제일 위의 카드에 손을 올리고서 기도하듯 눈을 감았다.

3이나 8이 나오면 승리한 것이나 마찬가지.

"여기서 나오지 않으면 나는……!"

『안 나와.』

차가운 선언.

넬의 정면에 위치한 신은 오싹할 정도로 무표정했다.

『신은 스스로 기적을 일으키는 자에게만 미소 지어. 너는 그저 내몰린 끝에 기적의 역전을 바라고 있을 뿐이야. 신은 네게 미소 짓지 않아.』

"……그렇지 않다! 나는!"

뽑은 한 장을 뒤집은 넬이 눈을 떴다.

뽑은 카드는 A.

「A, 4, 5, 6, 7」, 노 핸드.

뿌득.

페이 일행에게도 들릴 정도로 강하게 어금니를 깨문다.

"아직이다…… 네 카드에 따라서는……."

『스리 카드.』

넬의 눈앞에 44489인 신의 카드가 드러났다.

말문을 잃은 넬의 눈앞으로 그 다섯 장이 천천히 테이블로 낙하. 넬의 앞에서 마지막 코인이 녹아내리듯 사라졌다.

게임 종료.

모든 코인을 잃은 넬의 패배.

그것은 인간과 신의 대결이라고 부르기에는 너무나도 맥빠지는 배드 엔딩이었다.

『너한테도 이길 방법은 있었어.』

담담하게 울리는 신의 말.

『너는 패배를 피하는 것이 아니라 승리를 쟁취할 전술을 선택했어야 했어. 제2게임에서 한 장 교환으로 허세를 부려야 할 건 너였지.』

"……."

검은 머리 소녀는 답하지 않았다.

눈을 크게 뜬 채로 그 뺨 위로 땀방울이 흘렀다.

『하아.』

아공간에 울린 것은 신의 한숨이었다.

『재미없네. 인간, 너무 약해.』

"……."

『이 게임에는 적어도 세 번의 기회가 있었어. 그걸 놓친 건 너 자신이야. 결사의 한 번, 눈물의 한 번, 자포자기의 한 번. **전부 네 패배다.**』

휘청.

의자에 앉았던 넬이 그 자리에서 쓰러지듯 내려앉았다.

"넬 씨?!"

달려가는 펄. 그러나 검은 머리 소녀는 펄의 가슴에 안기면서도 실이 끊어진 인형처럼 미동도 하지 않았다.

그 모습을 내려다보며.

『오랜만에 도전하는 인간이라 기대했는데.』

신의 큰 하품.

마치 지루하다는 듯이.

『소중한 동료에게서 받은 승리 수. 그래서 질 수 없다. 그래서 리스크를 걸고 도박할 수 없다. 그 생각이 훤히 보여.』

신이 내던진 카드가 쓰러진 넬의 발밑으로 떨어졌다.

『잘 봤지? 이 인간의 패배는 뒤집을 수 없어.』

북메이커가 돌아보았다.

페이에게.

『그리고 네가 건 3승은 전부 가져간다.』

"……."

오른쪽 손바닥에 날카로운 통증이 든다.

오른손에 새겨진 「Ⅵ」의 낙인이 사라지고 「Ⅲ」이라는 낙인으로 바뀌었다.

페이, 신들의 놀이 6승 0패에서 3승 0패로.

『진짜 실망했어. 재미없네.』

북메이커라고 불리는 신이 다시 한숨을 쉬었다.

그 자리에는 넬이라는 인간에게 이긴 것으로는 전혀 기쁘지 않은, 수십 년 만에 게임으로 놀았다는 기쁨이 허사가 된 탓에 어린아이처럼 악의 없는 「맥 빠진 신」이 있었다.

『재밌는 게임을 할 수 있을 줄 알았는데. 그만 돌아가, 인간.』

빙글 등을 돌린다.

그런 북메이커에게.

"기다려. 게임은 지금부터잖아."

페이의 한 마디로.

떠나려던 북메이커의 발걸음이 멈췄다.

『무슨 말을 하는 거야? 인간.』

"전부 노렸던바라고."

『……?』

"북메이커 그리모어."

넬의 모습을 한 다상신을 바라본다.

"이 게임은 내 승리다."

『……뭐?』

"네가 이 게임을 받은 시점에 나는 승리를 확신했어. **결과가 어떻게 된다 해도 말이야. 그리고 그 예상대로 끝난 거야.**"

승리 선언.

전선 유지 선언을 뛰어넘어 「이미 이겼다」는 선언으로.

"넬에게도 그렇게 말했잖아. 이기면 만만세지만 져도 실망할 필요가 없다고."

"……어?"

"좋아, 교대다."

멍하니 있는 넬의 어깨를 두드린 페이는 다부지게 웃어 보였다.

"그래서, 이해가 안 된다는 표정이네. 바로 알려줄 수도 있지만……."

호박색 눈동자로 이쪽을 바라보는 신에게.

"다음은 내가 놀아주지. 답을 맞혀보는 건 그 뒤야."

『네가?』

"영문을 모르겠다는 표정이네. 어째서 내가 승리 선언했는지 궁금하지? 제대로 알려줄게. **이미 내가 이겼다는 것을.**"

신은 말이 없었다.

그런 신과는 대조적으로 주저앉은 검은 머리 소녀가 힘없이 고개를 들었다.

"······페이······공······?"

"뭐, 어떻게든 할게."

돌아보지 않는다.

신과 대치한 상황을 유지한 채 페이가 끄덕였다.

"다크스 때도, 저번 신과의 싸움도. 두 번이나 응원해줬잖아. 그 빚을 갚아야겠다고 마음먹었거든."

『······.』

"즐거운 게임은 지금부터야. 넌 아직 전혀 만족하지 않았잖아?"

북메이커.

그것은 복귀를 바라는 사도가 일 대 일 게임으로 싸우는 신이라고 알려져 있다.

누가 그런 규칙을 정했는가.

그런 의문을 품을 수 있는 것은 놀이를 관장하는 신은 다들 변덕쟁이에 인간과 놀고 싶어서 참을 수 없는 존재이기 때문.

"내가 거는 건 나의 남은 3승. 내가 이기면 넬의 패배 수를 줄여줘."

넬의 모습을 한 다상신은 말이 없었다.

1분, 2분, 5분…… 반쯤 정신이 아득해질 정도의 시간이 흐르고.

『정했다.』

신이 웃었다.

『정했어, 인간.』

"겨뤄볼 생각이 들었어?"

『아니. 게임을 정했다는 뜻이야.』

넬의 모습으로.

넬에게는 없는 호박색 눈동자가 반짝이는 신이 두 팔을 벌렸다.

『지금부터 세 개의 게임을 하겠어. 그 모든 대결에서 내가 사용한 속임수를 간파해봐.』

Intermission 사무장의 불길한 예감

신비법원 루인 지부.

집무실에 있는 소파에 누운 사무장 미란다는 멍하니 휴대 디스플레이를 보았다.

"오. 상점가의 카페에서 극상 멜론 파르페 한정 판매라니. 점심시간에 잠깐 다녀올까."

『일은 하고 있나, 미란다 사무장.』

부웅, 전자음이 울렸다.

생크림과 멜론을 곁들인 맛있어 보이는 파르페의 이미지 대신 나타난 것은 선글라스를 낀 근육질의 남자였다.

"윽. 맛없을 것 같은 이미지네. 엎히겠어."

『참 굉장한 인사로군.』

미란다의 못된 장난에 안색 하나 달라지지 않는 남자.

금발을 짧게 깎은 우락부락한 얼굴에 프로레슬러가 입을 듯한 반팔 재킷이 정말로 잘 어울리는 남자, 이 자가 바로 넬이 소속된 신비법원 마르 라 지부의 바레가 사무장이다.

『점심시간까지 한 시간이나 남았다. 일도 하지 않고 동영상이나 보는 건 좋지 않군.』

"이게 다 누구 때문인데, 바레가 사무장님."

소파에서 몸을 일으킨다.

"이쪽은 지금 제정신이 아니거든? 우리 쪽에서 제일 주목받는 페이 군이 하필이면 자신의 승리 수를 걸고 북메이커와 싸우고 있으니까. 다들 거기에 정신이 팔려서 일할 때가 아니라니까."

『그거 실례했군.』

진지한 얼굴로 대답하는 바레가 사무장.

『우리 쪽 넬이 폐를 끼쳤다.』

"정말로 말이야."

반면 미란다 사무장은 쓴웃음을 지었다.

"그야 넬 군이 이겨 복귀할 수 있으면 좋겠지. 하지만 위험 부담이 너무 커. 만약 넬 군이 진다면 인류의 희망인 6승을 빼앗길 테니까."

『......말리지 않았나?』

"우리가 명령할 수는 없잖아? 할 수 있는 건 정보 제공과 조언뿐. 게임을 정하는 건 플레이어, 사도야."

『게임의 동향은?』

"신안 렌즈를 가져갈 수 없으니 어떤 상황인지 알 수 없어. 그래서 이렇게 끙끙 앓고 있는 거니까 이해해줘."

『일은 빼먹지 마라. 아까 본부가 메일로 보낸 긴급 안건은 읽었나?』

"어차피 넬 군의 일이지?"

『아니다. 그러니 빼먹지 말라는 거다.』

"……알았어. 내키면 볼게."

휴대용 디스플레이를 소파에 던지고 떨떠름하게 일어났다. 그 자리에서 크게 심호흡하고는.

"북메이커와 싸우는 건 넬 군. 이기든 지든 금방 끝난다던데 의외로 오래 걸리네. ……설마 연전? 설마 다른 누구도 아닌 페이 군이니…… 혹시 괜히 북메이커에게 도전하는 건 아니겠지?"

Chapter

Player.3   신이 가져온 세 가지 속임수

God's Game We Play

1

『게임 이름은「세 가지 속임수」.』

고위의 신들이 사는 영적 상위 세계.

그 공간에 신의 말이 드높게 울렸다.

『지금부터 세 가지 게임을 할 거야. 그 모든 게임에서 내 속임수를 간파해봐.』

넬의 모습으로.

유일하게 넬에게는 없는 호박색 눈동자를 반짝이며.

『게임 시작이다.』

쩍.

페이 일행을 둘러싼 공간이 갈라지더니 순식간에 수많은 파편이 되어 붕괴했다.

새까만 공간으로 추방.

그렇게 느꼈을 때는 이미 그 칠흑의 공간이 새로운 모습 으로 변해 있었다.

작은 카지노 방에서.

무지갯빛으로 가득한 운해가 아래로 펼쳐진 눈부시고도 신성한 천상 세계로.

"이, 이게 뭔가요오오오오오?! 아, 아얏!"

급강하.

펄, 그리고 그 뒤를 이어 페이 일행이 떨어진 곳은 지면이 아니었다.

직경 수백 미터는 될법한 초거대 카지노 테이블.

쌓인 코인은 하나하나가 직경 수 미터나 되고, 트럼프 카드도 하나하나가 수영장 크기만큼 컸다. 페이 일행이 떨어진 곳은 룰렛 테이블이었는데, 그곳도 위에서 경주를 할 수 있을 만큼 넓었다.

모든 것이 어마어마한 규모.

"뭐, 뭐지, 여긴……?"

패배에 넋이 나갔던 넬조차 가만히 있지 못하고 일어났다.

비유하자면 「하늘에 지어진 거대 카지노」.

그러나 누구를 위한 곳인가?

코인 하나가 직경 수 미터나 되는 시점에서 여기가 인간을 위한 곳이 아니라는 것은 명백하리라.

인간은커녕 코끼리, 아니, 지상의 제왕인 공룡조차 이만큼 거대한 카지노에서는 작게 보일 것이다.

그렇다면 코끼리나 렉스보다도 거대한…….

쿵!

무지갯빛 운해는 물론 페이 일행이 선 초거대 카지노 테이블이 크게 흔들렸다.

"~~~~!"

펄의 소리 없는 비명.

흐릿할 정도로 먼 운해의 지평선에서 무언가가 천천히 다가왔다.

산처럼 큰 거인.

지진을 연상케 하는 진동은 이 거인이 걷는 발소리였다.

그것만이 아니다.

하늘에서 날개가 달린 유니콘과 같은 짐승, 이름을 알 수 없는 빛나는 정령이 내려와 **안쪽의 슬롯머신을 즐기기 시작하는 것이 아닌가.**

"이거 설마."

페이가 입을 연 순간.

『신들의 카지노에 잘 왔어.』

어른스러운 여성의 목소리.

높게 쌓인 코인 더미 사이로 진홍색 드레스를 입은 검은 머리의 여성이 우아한 발걸음으로 다가왔다.

『내 엘리먼츠는 내게 도전하는 인간의 마음에 따라 모습이 변해. 너는 어떤 세계가 되려나 싶었는데, 설마 여기라니.』

"……북메이커?"

"맞아."

아름다운 흑발 여성이 미소 지었다.

『여기는 몇몇 별난 신들이 만든 공간. 보시다시피 한가한 신들이 멋대로 찾아와 게임을 즐기는 곳이야. 인간이 올 때까지 시간을 보내거나 인간에게 패배한 상심을 치유하기도 하겠지…… 그리고 내 게임에서 이 세계가 투영된 건 처음이야.』

"나는 네 모습이 더 놀라운데."

다상신 그리모어는 인간으로 변하는 신이다.

넬과 싸울 때는 넬로 변신한 것처럼, 페이는 다음엔 자신의 모습이 될 것이라고 생각했지만…….

"설마 그게 나로 변한 모습……은 아니겠지?"

『아니야.』

"네 진짜 모습이야?"

『아니야.』

"그럼 뭐지?"

『너는…….』

호박색 눈동자.

넬로 변했을 때도 유일하게 변하지 않았던 그 눈이 이쪽을 들여다보았다.

『너는 대체 누구의 보호를 받는 걸까?』

"뭐?"

『**잊어버린** 모양이네.』

다상신의 눈이 가늘어졌다.

의미심장하게 갑자기 우습다는 듯이 미소를 지었다.

『나는 인간이 엘리먼츠를 찾아온 시점에 그 인간의 정보를 해석해. 육체 정보나 정신, 어라이즈까지 완벽하게 스캔하지. 그런데…… 네 정보는 알 수 없었어.』

"응?"

『내 간섭이 너를 지키는 신의 가호에 막힌 거지. 인간 사회로 비유하면 뭐라고 할까? 응, 타인의 기밀 정보를 해킹하려고 했더니 보안에 걸렸다……라고나 할까? 신에게 사랑받고 있네.』

"……? 무슨 말이지?"

그 질문은 페이의 거짓 하나 없는 본심이었다.

다상신 그리모어가 어째서인지 페이로 변신할 수 없었다는 말인데.

신의 수호.

그런 말을 듣고 유일하게 짐작되는 것이 페이의 어라이즈인 「신의 총애를 받다」.

찰과상부터 치명상, 악의, 저주, 운명, 모든 신들의 간섭조차 무효화하는 궁극의 자기 재생 능력이다.

거신 타이탄의 『신잡기』에서는 타이탄의 주먹을 맞고도 행동 불능에서 소생했을 정도.

하지만.

인간은 어떤 신에게서 어라이즈를 받았는지 알 방법이 없다.

……나도 마찬가지야.

……어렸을 때 깨닫고 보니 손등에 작은 멍이 생겼었어.

어라이즈가 깃든 증표인 신의 멍.

어떤 신에게 어떤 기준으로 선택받았는지 알 방법이 없으며, 그 멍 자체도 고작 며칠 만에 사라진다. 당연히 페이도 어라이즈를 받은 이유를 모른다.

『뭐, 아무렴 어때. 게임하고는 상관없으니까.』

다상신 그리모어가 굽이진 검은 머리카락을 뒤로 넘기며.

다른 한쪽 손으로 자신의 가슴에 가져가 보였다.

『이 모습은 최근에 변했던 인간 중에서 골랐어. 인간 사회에서 제일 커다란 도박장을 만든 전설의 갬블러라고 하던데, 알아?』

"유명한가?"

『50년 정도 전에는.』

"그런 옛날 사람을 어떻게 알아!"

신에게 50년은 최근이나 마찬가지인 모양이다.

당연히 페이에게는 태어나기도 훨씬 전의 일이다.

『그러니까 아무래도 좋다고 했잖아. 중요한 건 지금부터야.』

북메이커는 하이힐 뒤꿈치로 바닥을 때리듯 내디뎠다.

슥.

발밑에서 올라온 것은 아까 넬과 북메이커가 사용한 인간용 카지노 테이블과 의자.

『이 게임은「세 가지 속임수」. 지금부터 세 가지 게임을 할 거야.』

검은 머리 신이 손을 내밀었다.

손가락 세 개를 펼쳐 보이고는

『종목은 순서대로 ① 코인 던지기, ② 포커, ③ 도둑잡기. 이 공통점은?』

"전부 거의 운에 달린 게임이야."

『이 세 가지 게임 전부 내가 이길 거야. 너한테서.』

"……."

『**이상하지?** 맞아, 이건 자연스럽지 않아.』

신이 웃었다.

정말이지 장난스럽고 천진난만한 미소로.

『이상하다고 생각했지? 운에 영향을 받는 게임에서 승리 예고라니. 그야말로 속임수를 쓰지 않으면 불가능하지.』

"속임수를 쓸 거지?"

『그래. 대결은 내가 사용한「필살의 속임수」를 간파하는 것.』

정말로 단순명쾌하다.

세 가지 게임에서 사용한 속임수를 페이가 간파하면 승리.

『그리고 중요한 약속. **나는 속임수를 한 종류만 사용할 거야.**』

"……흠. 재미있군."

페이도 바로 떠오르지 않았다.

열거한 세 가지 게임에서 반드시 이긴다. 그런 속임수가 있을까?

"흥미롭네. 그게 게임 중에 인간인 내가 간파할 수 있는 속임수라면 대결을 받아들이지."

『그럼 이렇게 하지.』

신이 손짓했다.

페이의 뒤에 선 레셰, 펄, 넬에게.

『내 속임수를 네 동료에게 먼저 알려줄게. 그래서 모두가 받아들일 수 있는 속임수라면 대결하자.』

"네에에?!"

"뭐……!"

"자신감 있네. 좋아, 들어줄게."

소녀들은 그야말로 각양각색의 반응이었다.

놀라며, 동요하며, 즐거워하며 북메이커에게 다가갔다.

특히 넬은 쓸쓸한 패배를 맛깔한 상대. 무척이나 거북한 표정으로 북메이커의 속삭임에 귀를 기울였다.

『내 속임수는「──」. 세 가지 게임에서 각각「────」.
구체적으로는「────」.』

속삭이는 소리.

그것을 지켜보기를 수십 초.

"자, 잠깐만요, 그건?!"

"잠깐, 잠깐! 화, 확실히 이론적으로는 가능하지만 속임
수로는 그렇지 않은가?!"

펄과 넬이 외쳤다.

서로 곤란한 표정으로 마주 보고는.

"……으, 으음. 저기, 그게…… 지금까지 들어본 적 없는
속임수인데 저는 어떻게든 될 것 같아요."

"……불가능하지는 않겠지. 상당히 화나는 속임수지만
말이다."

당황한 펄의 옆에서 씁쓸한 표정으로 끄덕이는 넬.

속임수를 들은 두 사람은 적잖이 동요했다.

그런데도 두 사람이 반대하지 않는다는 것은 그 속임수
가 간파할 수 있다고 판단했기 때문일 것이다.

"하하하하! 그게 뭐야, 재밌어!"

레셰는 폭소를 터뜨렸다.

주홍색 머리카락을 흐트러뜨리며 배를 잡고 웃기 시작한
것이 아닌가.

"좋아! 나는 그거 재밌을 것 같아!"

한바탕 웃은 뒤에.

레셰가 페이를 돌아보았다.

"그렇게 됐으니까, 힘내."

"저, 저도요! 페이 씨라면 분명 간파할 수 있을 거예요!"

이어서 펄이 손을 들었다.

마지막으로.

"페이 공."

주먹을 쥔 넬이 굳은 표정을 했다.

"정말로 면목 없다. 내 입으로 속임수의 정체를 말할 수는 없지만…… **이 속임수만큼은 반드시 밝혀낼 수 있다!** 그렇게 믿는다!"

판단이 내려졌다.

팀원인 세 소녀가 하나같이 알아낼 수 있다고 단언했다.

"알았어. 나도 게임을 받아들일게."

『그럼 시작하지.』

맞은편 자리에 아름다운 여자의 모습을 한 신이 우아하게 앉았다.

카지노 테이블을 사이에 두고 마주한 두 사람.

『신이 행하는 세 가지 속임수. 과연 인간인 네가 간파할 수 있을까?』

게임 『세 가지 속임수』

【승리 조건】다상신 그리모어가 사용하는「필승」의 속임수를 간파할 것.

【패배 조건】세 가지 게임이 끝난 뒤 속임수를 간파하지 못할 경우.

승리하면 넬의 3패가 사라져 사도로 복귀.

패배하면 페이의 3승이 사라져 0승 0패로.

첫 번째 게임.『코인 던지기』, 시작.

『사용할 코인을 골라.』

카지노 테이블에 쌓인 몇 백 개의 코인. 금색과 은색, 검은색, 흰색, 온갖 색상의 코인이 쌓인 곳을 가리키는 신.

한 장 선택.

그 의미를 파악한 페이는 흑백 모양의 코인을 골랐다.

앞(백)에는 페이의 얼굴.

뒤(흑)에는 다상신 그리모어가 변신한 여자의 얼굴.

……코인을 던져 앞뒤 중 어디가 나올지 맞추는 것뿐.

……내가 던진다면 원하는 면을 전부 맞출 수 있지만 당연히 신도 마찬가지겠지.

누가 던져도 공평하지 않다.

"던지는 건 누가 하지?"

『네 동료가 할 거야.』

신의 손가락이 지켜보던 세 소녀들을 가리켰다.

『속임수 이외엔 공평해야 하잖아. 지금부터 할 세 가지 게임은 전부 네 동료가 딜러를 맡아줄 거야. 우선 너부터.』

다상신 그리모어가 코인을 던졌다. 코인이 호를 그리고 날아간 곳은.

"……내키지 않다만."

그 코인을 잡은 사람은 넬.

"페이 공. 내가 딜러를 맡겠다."

페이와 그리모어가 바라보는 앞에서.

넬이 한쪽 발을 들어 구두 끝에 코인을 올렸다.

"……? 넬, 뭐 하는 거야?"

"보다시피 코인을 던질 거다."

"……? 보통 손가락으로 던지지 않나……?"

"나는 다리가 익숙해서 코인을 차는 편이 깔끔하게 날아간다."

마치 축구의 리프팅처럼.

손톱 정도의 크기인 코인을 몇 번이고 차올렸다.

"나는 어라이즈로 다리를 사용하니까, 킥 연습은 빠뜨린 적이 없다."

"아, 그래……."

넬의 어라이즈『모멘트 반전』은 그녀가 찬 대상을 에너지와 질량의 크기와 상관없이 튕겨내는 힘이다.

……처음 만났을 땐 트릭을 찾았지.

……순간적으로 발이 나갔다는 건 그만큼 훈련했다는 뜻이겠지.

다리를 사용하는 어라이즈.

넬이라면 코인을 차올리는 것 정도는 아무것도 아닌 듯하다.

"내가 코인을 차올린다. 순서는 ① 내가 코인을 찬다. ② 코인이 공중에 있는 사이에 페이 공이 코인의 앞뒤를 정한다. ③ 페이 공의 선언 후 공평한 게임을 위해 공중으로 떠오른 코인을 내가 한 번 더 차올린다. 그리고 떨어진 코인의 앞뒤로 결판이 난다."

하얀 앞면은 페이의 얼굴.

검은 뒷면은 다상신 그리모어의 얼굴이 새겨져 있다.

……내가 이 코인을 고른 건 앞뒤의 색이 다르기 때문.

……하양과 검정으로 구분되어 있으니 공중에서 부자연스러운 거동을 알아보기 쉬워.

코인이 떠오른 뒤 공중에서 노골적인 속임수는 불가능하다.

거기에 앞뒤의 선택권은 페이에게 있다.

……북메이커는 이 게임에 속임수를 사용해 반드시 이긴다고 말했지.

……다시 말해 속임수는 **코인의 앞뒤를 내가 절대로 맞**

출 수 없게 하는 것으로 추측할 수 있어.

어떤 속임수지?

페이가 지켜보는 가운데 넬이 다시 신발 끝에 코인을 올렸다.

"시작하겠다, 페이 공."

순간 넬의 발이 흔들렸다. 흡사 발레리나처럼 자신의 머리보다 높게 다리를 차올려 코인을 하늘 위로 떠오르게 했다.

빙글빙글…….

인간의 눈으로는 도저히 따라잡을 수 없는 초고속 회전. 페이는 전에 코인 던지기 훈련을 한 적이 있지만 결과를 모두 맞추기란 어려웠다.

성공률은 고작 80퍼센트 정도.

빠르게 회전하는 흑과 백의 코인이 그리는 궤적을 떨어지기 아슬아슬할 때까지 파악하고는.

"앞."

페이의 선언이 종료.

그 타이밍에 떨어지는 코인을 넬이 다시 차올렸다. 첫 번째와 완전히 동일한 궤적으로 떠올라, 첫 번째와 동일한 궤적으로 떨어진다.

코인이 떨어지고.

부드러운 쿠션 같은 바닥에 살짝 튕기고는…… 멈췄다.

검정인 그리모어의 면이 위로.

"······뒤다, 페이 공."

억누른 목소리로 말한 넬.

"······미안하다."

"넬이 사과할 일이 아니야. 그냥 운이잖아?"

그렇다. 지금 것은 완전한 운이었다.

코인이 떨어질 때 부자연스러운 움직임은 없었다. 코인이 공중에서 잠시 멈추거나 억지로 뒷면이 나오도록 뒤틀리는 움직임도 없었다.

······앞이 나올지 뒤가 나올지.

······얼핏 볼 때 확률은 2분의 1이라 우연히 내가 진 것처럼 보일 뿐인데.

북메이커는 예언했다.

페이의 패배는 신의 속임수로 인한 **확정되었음**을.

"좋아, 알았어."

손뼉을 짝 친다.

"다음 게임으로 가자. 두 번째 게임은 포커였던가?"

『서두르네. 초조한 거야?』

"아니."

테이블을 끼고 마주한 신에게 페이는 태연하게 대답했다.

"인간 세계에서 미란다 사무장님이 조마조마하게 우리를 기다리고 있을 거라서."

『그럼 포커의 룰을 설명하지.』

"아까와 동일해?"

『아니. 이 포커는 단 한 번뿐. 그러니 코인도 쓰지 않을 거야.』

촤르륵.

테이블 위에 있는 코인 더미를 옆으로 치우는 북메이커.

『평범한 카드 조합. 초기에 다섯 장을 배분한 뒤 한 번만 자유롭게 카드를 교환할 수 있어. 그리고 그 카드의 크기로 대결하는 거야.』

"완벽한 운 게임이로군."

『필승의 게임이지. 그런 속임수니까.』

테이블에 한쪽 팔꿈치를 올린 북메이커가 느긋하게 턱을 괴었다.

『시작하자. 우선 게임의 딜러를 정해야겠지.』

"나!"

레셰가 힘차게 손을 들었다.

"내가 카드를 나눠주면 공평하지?! 빨리 시작하자!"

북메이커가 말하기도 전에 트럼프를 든 레셰.

개봉되지 않았다는 증표인 실을 벗기고 조커 두 장을 제외한 52장을 테이블 위에 펼쳤다.

"흠, 흠. 빠짐없이 있네. 표식 같은 것도 없는 모양이고."

레셰가 속임수를 확인.

페이가 보기에도 마찬가지다. 이 트럼프는 신품인 동시

에 정품. 레셰가 아무런 반응도 하지 않는 것을 보면 신의 보이지 않는 힘이 트럼프를 조작할 가능성도 낮다.

……애초에 트럼프 자체에 어떤 장치가 있을 가능성은 낮아.

……**속임수는 세 가지 게임에서 한 종류**만 사용한다는 제약이 있으니까.

코인 던지기, 포커, 도둑잡기.

이 세 가지 게임에서 사용하는 속임수는 동일. 만약 포커의 속임수가 트럼프 카드 조작이라면 코인 던지기에서도 코인 조작이었을 것이다.

……그건 절대로 아니야.

……코인 던지기는 앞뒤를 고를 권리가 내게 있었으니까.

설령 반드시 뒤가 나오는 코인을 마련했다 해도 페이가 뒤를 선언하면 신이 패배한다.

그렇게 확실하지 않은 속임수가 아니다.

왜냐하면 북메이커가 「필승의 속임수」라고 선언했기 때문.

……그래. 이 포커에서 두 가지나 세 가지까지로 선택지를 좁혀볼까.

……마지막 도둑잡기에서 확정하겠어.

이번 포커는 절호의 기회다.

고작 십몇 초 만에 결판이 나는 코인 던지기와는 다르게, 포커는 천천히 생각할 수 있는데다가 북메이커의 행동도 살필 수 있다.

"페이, 시작해도 돼?"

"그래, 나눠줘."

페이는 고개를 끄덕이면서도 눈 한번 깜박하지 않고 테이블 위로 한쪽 팔을 올리고 턱을 괸 채로 우아하게 웃고 있는 신을 응시했다.

……여유롭네.

……내가 아무리 살펴봐도 속임수를 간파할 수 없다는 뜻인가?

카드 배분.

딜러인 레셰가 페이, 북메이커의 순서로 번갈아가며 카드 다섯 장을 나누었다.

"이번엔 카드를 띄우지 않을 거야?"

레셰가 나눠준 다섯 장은 테이블 위에 엎어진 상태.

아까 넬과 싸울 때처럼 서로의 카드가 떠오를 낌새가 없었다.

『내가 트럼프를 띄우면 그것도 속임수로 보일 거잖아. 그런 지적을 받으면 흥이 식으니까.』

"그렇군. 그것도 힌트인 셈이군."

카드 다섯 장을 들었다.

페이의 카드는 「8, 8, A, A, 7」.

투 페어. 그것도 최강의 A가 섞였으니 일반적인 포커라면 승부수라고 부르기에 어울리는 조합이다. 여기서 7을 교환해 888AA나 88AAA가 나오면 풀 하우스. 거의 승리가 약속된 것이나 마찬가지가 된다.

반면.

『카드는 어때? 강한 조합이 모였으면 좋겠네.』

미소를 머금은 신.

페이와 마찬가지로 그 손에 카드 다섯 장이 들려 있었지만.

……문제는 저 여유 만만한 미소야.

……저 미소는 카드가 좋기 때문일까? 아니면 속임수에 대한 자신감인가?

아마도 두 가지 모두.

"카드 교환은 누가 먼저지?"

『누구부터여도 상관없어.』

"그럼 내가 먼저 교환하지."

「8, 8, A, A, 7」카드를 다시 확인.

그리고 페이는 카드 다섯 장 전부를 테이블 위로 던졌다.

"다섯 장 체인지."

"뭐?!"

"네에에에?!"

뒤에서 지켜보던 넬과 펄이 깜짝 놀랐다.

흩어진 카드를 가리키고는.

"뭐 하는 것인가, 페이 공?!"

"마, 맞아요! 투 페어가 나왔잖아요. 교환은 7을 한 장만, 아무리 욕심을 부려도 A 페어는 남겨둬야 했는데……."

"그럼 절대로 이길 수 없잖아?"

신의 보이지 않는 속임수가 있다.

이 투 페어도 신의 뜻대로 정해진 것이라면 솔직하게 한 장을 바꿔도 북메이커에게는 절대로 이길 수 없을 것이다.

따라서 다섯 장 교환.

……이 포커에서 이기는 건 의미가 없어.

……내가 보고 싶은 건 **나누고 남은 카드 중 두 번째 이후의 순서**. 그래서 올 체인지지.

페이가 한 장만 교환할 경우, 쌓아둔 카드 중 두 장째 이후는 전부 북메이커의 카드가 될 가능성이 있다. 그럴 생각으로 뭔가를 장치했다면 다섯 장 교환으로 파악할 수 있다.

"그럼 나눠줄게."

레셰가 새롭게 다섯 장을 배포.

넬, 그리고 펄이 긴장한 얼굴로 지켜보는 가운데 카드를 들었다.

「2, 4, 9, J, J」.

원 페어다. 처음의 투 페어보다 약한 데다가 카드를 봐도 숫자와 마크의 확연한 편중은 발견할 수 없었다.

"너는 몇 장을 교환할 거지?"

『아니.』

아니라면?

그 의미를 페이가 묻기도 전에 검은 머리 미녀가 테이블 위로 카드를 펼쳐 보였다.

A(◆), 2(◆), 3(◆), 4(◆), 5(◆).

『스트레이트 플러시.』

"......!"

포커의 최강 카드.

허를 찌른 페이의 다섯 장 교환 작전이 의미가 없었을 정도의, 운이 좋다는 말로는 설명하기 어려울 정도로 엄청나게 낮은 확률의 카드다.

무심코 쓴웃음이 나왔다.

너무나도 노골적인 속임수 어필이다.

......그렇군. **첫 다섯 장을 받은 시점에 신의 스트레이트 플러시가 완성됐었어.**

......이제야 속임수다워졌네!

처음의 코인 던지기는 간섭의 존재조차 의심스러웠다.

페이가 앞인지 뒤인지의 선택을 틀렸을 뿐일 가능성도 버릴 수는 없지만, 이번 포커에서는 속임수를 확실하게 느낄 수 있었다.

......자, 생각해보자.

......코인의 앞뒤와 포커에 공통되는 신의 속임수가 대체 뭐지?

예를 들어 코인 던지기는.

페이의 「앞면」 선언 이후 신이 염동력 같은 힘으로 코인을 조작해 「뒷면」이 나오도록 떨어뜨릴 수 있을 것이다.

그렇다면 포커는?

같은 경우로 카드를 마음껏 바꿀 수 있을까?

……트럼프 카드 중에 원하는 것만 몰래 뽑는다.

……그것도 내가 지켜보는 앞에서. 그게 가능할까?

염동력은 보류.

그 외에도 신의 힘으로 실현할 수 있는 초자연현상은 얼마든지 있다.

코인 던지기 = ① 시간 정지(앞뒤를 반대로 한다), ② 최면술(앞뒤를 착각하게 한다)

포커 = ① 시간 정지(카드 바꿈), ②최면술(카드 그림을 착각하게 한다)

나아가 ③ 신의 운을 끌어올린다(코인 던지기와 포커는 그 행운으로 승리한다)는 운명 개혁에 가까운 황당한 속임수일 가능성도 버릴 수 없다.

신의 힘은 무한하니까.

……예상했었지만 참 어이없는 단서밖에 없네.

……상대가 신이니 단서를 좁히는 것도 어려워.

얼핏 떠오르는 유력한 속임수만 해도 수십 가지. 그리고 단서를 찾을 수 있는 남은 게임은 단 하나.

"세 번째는 도둑잡기였지?"

『생각은 벌써 끝났어?』

"그래. 생각은 전부 끝난 뒤에 하면 돼."

이것이 마지막.

그리고 도둑잡기의 딜러를 맡을 사람은.

"좋아, 다녀와!"

"꺅?!"

레셰가 엉덩이를 찰싹 때리자 금발 소녀가 펄쩍 뛰었다.

이번 순서는 펄이다. 북메이커의 손짓에 응해 조심스럽게 걸어와 페이에게 시선을 보냈다.

"저, 저기 페이 씨……."

"긴장할 것 없어. 카드를 나눠주기만 하면 돼. 그다음은 내 게임이니까."

"……."

"왜 그래?"

"아, 아니요, 아무것도 아니에요! ……그냥 이상한 실수를 하면 어쩌나 해서."

"카드를 나눠주기만 할 뿐이잖아. 실수할 리가……."

"아아앗?!"

하늘 위로 솟구치는 트럼프.

페이가 말을 거는 앞에서 펄이 카드를 섞는 도중에 손이 미끄러져 트럼프를 화려하게 흩뿌렸다.

"이 카드, 엄청 미끄러워요오오오!"

"……실수하기도 하는구나."

바닥에 뿌려진 카드를 함께 주웠다.

그러나 생각지도 못한 행운이다. 바닥에 떨어진 카드를 주우며 그 표면을 살짝 관찰했다.

……어느 카드에도 조작된 흔적이 없어.

……앞면이든 뒷면이든.

두 번째 게임이었던 포커를 포함해 여기까지는 단언할 수 있다.

"그게, 52장 카드에 조커 한 장을 더해 총 53장이 있어요."

다시 카드를 섞기 시작한 펄.

"지금부터 두 사람에게 나눠줄게요. 26장과 27장이라 많지만 같은 숫자의 짝도 많을 거예요. 짝을 맞춘 카드는 옆에 내려놔 주세요."

그리고 카드 배분.

페이의 카드는 27장. 그중에 숫자가 같은 짝을 처리했다.

남은 카드는 여섯.

「3, 5, 8, 9, Q. **그리고 조커.**」

반면 신의 카드는 다섯 장. 당연히 조커를 제외한 페이의 카드의 짝이다.

『카드 수가 많은 너부터 고르게 해줄게. 네가 뽑을래? 아니면 내가 뽑을까?』

"그럼 내가 뽑지."

신의 카드 중 왼쪽 끝 카드를 뽑았다.

8의 짝이 맞춰져 페이의 남은 카드는 조커를 포함한 다섯 장.

『그럼 내 차례. ……그런데.』

검은 머리의 미녀가 손가락을 튕겼다.

『거기 인간, 왜 돌아가려는 거야? 네 역할은 지금부터야.』

"네엣?!"

살며시 돌아가려 하던 펄이 지목당하자 움찔 경직했다.

『이 인간이 이겼으면 하지? 특별 서비스야. 내가 속임수를 쓰지 못하도록 **내 카드를 지켜봐.** 내 바로 뒤에서.』

"……갑자기 무슨 속셈이야?"

『말했지? 인간도 이길 수 있는 공평한 게임을 고르는 게 신의 방식이야. 자, 내 카드도 전부 보여줄게.』

북메이커의 카드가 펼쳐졌다.

뒤로 돌아든 펄에게 잘 보이도록.

『내 카드는 네 장. 수상해 보이는 카드가 있어?』

"……없어요."

펄이 조심스럽게 고개를 저었다.

"페이 씨, 제가 보기에는 카드에 속임수를 쓴 흔적은 보이지 않아요."

『맞아. 그리고 이번엔 내가 카드를 뽑을 차례지?』

검은 머리 미녀가 손을 내밀었다.

페이가 펼친 다섯 장의 카드를 순서대로 가리키고는.

『그럼 이거.』

오른쪽 끝 카드.

그 카드를 본 펄이 「앗?!」 하고 작은 소리를 냈다.

조커.

이 상황은 페이에게도 예상 밖이었다.

……내 조커를 요리조리 피하는 속임수라고 생각했는데.

……우연히 뽑은 건가? 그게 아니면 노린 건가?

위화감.

신이 반드시 이긴다고 말한 게임이다. 페이에게 조커가 있으니 계속 조커를 피하며 뽑으면 신의 승리가 확정될 텐데.

어째서지?

놓쳐서는 안 된다. 이 약간의 위화감을 별것 아니라는 투로 넘길 수는 없다고, 페이의 경험이 그렇게 주장하고 있다.

『자, 조커는 이제 내게 왔어.』

다섯 장의 카드를 자신도 보이지 않는 각도에서 섞은 신.

그것을 펼치고는.

『네가 뽑을 차례야.』

"그래."

페이가 뽑은 것은 Q로 짝이 완성. 남은 것은 「3, 5, 9」의 세 장뿐.

『그럼 내 차례.』

신이 뽑은 것은 오른쪽의 5.

남은 카드는 페이가 「3, 9」로 두 장. 북메이커가 「3, 9, 조커」로 세 장.

이 시점에서, 페이가 압도적으로 유리해졌다.

여기서 3, 9 중 하나를 뽑으면 승리(다음에 신이 남은 한 장을 뽑아 페이의 카드가 0이 된다).

승리 확률, 66.6666666…퍼센트.

신의 수중에 있는 세 장 중에 조커만 뽑지 않으면 승리.

"내 차례군."

두 번 연속으로 왼쪽 카드를 뽑았다. 세 번째도 왼쪽……이 아니라, 페이가 선택한 것은 반대인 오른쪽이었다. 그것을 힘차게 뽑고서 확인.

"……."

조커.

나쁜 예감이 적중했다.

……다시 말해 나는 **조커를 뽑도록 유도당했다.**

……먼저 카드의 왼쪽을 연속으로 두 번 고른 뒤에 마지막으로 오른쪽을 골랐는데도.

페이가 오른쪽, 중앙, 왼쪽 중 어디를 뽑을지는 신도 예측할 수 없었을 것이다.

그야말로 예지 능력이라도 없는 한 페이가 뽑을 위치에 조커를 미리 놓을 수는 없으리라.

……하지만 예지 능력이 아니야.

……예지 능력이라면 코인 던지기와 포커에서 반드시 이길 수 없으니까.

페이의 남은 카드는 세 장.

『내 차례네.』

검은 머리의 미녀가 손끝으로 꼬집듯이 고른 카드는 9. 이것으로 짝이 맞춰졌다.

『자, 끝.』

페이의 카드는 3, 조커.

신의 카드는 3뿐.

그리고 다음은 페이가 뽑을 차례이니 신의 카드가 0장이 된다.

페이의 패배.

신이 선언한 필승의 세 가지 게임은 선언했던 것처럼 게임이 진행됐다.

『그렇지?』

냉소를 떠올린 신. 테이블 옆에서 불안한 듯이 이쪽을 바라보는 펄과 뒤에서 그것을 지켜보는 넬과 레셰.

『자, 대답해봐.』

다시 테이블 위로 턱을 괸 신이 올려다보며.

『신의 속임수를.』

"……."

그 말에 페이는 팔짱을 끼고 눈을 감았다.

떠올려라.

지금까지 벌어진 세 가지 게임의 과정 모두를.

……우선 제일 마지막의 도둑잡기.

……나는 조커를 뽑도록 유인당했어. 그것도 분명 작위적인 간섭으로.

카드 자체의 조작은 없었다.

그럼 어떤 속임수일까?

도둑잡기 = 미래 예지, (카드)투시, 독심술, 카드 교체.

신은 어떠한 수단으로 카드를 판별했다.

그러나 투시나 독심술로는 코인 던지기에서 반드시 이길 수 없다. 미래 예지도 마찬가지. 코인 던지기로 앞뒤를 고른 것이 페이인 이상 필승은 불가능.

……세 가지 게임 전부 쓸 수 있는 속임수가 뭐지?

……상대는 신이야. 뭐든 할 수 있어.

예를 들어 「시간 정지」나 「공간을 억지로 뒤틀기」, 「운명 조작」과 같은 종류도.

　인간이 대응할 수 없는 속임수가 가능하다면 세 가지 게임 모두 신의 승리가 성립할 것이다.

　……성립한다고 해도.

　……그런 재미없는 간섭을 저 세 사람이 받아들일까?

　그것이 최대의 힌트다.

　넬과 펄이 놀라고 레셰가 폭소를 터뜨린 속임수라는 것.

　"하하하하! 그게 뭐야, 재밌어!"

　"저, 저도요! 페이 씨라면 분명 간파할 수 있을 거예요!"

　"페이 공…… 이 속임수만큼은 반드시 밝혀낼 수 있다!"

　세 사람은 알아낼 수 있다고 단언했다.

　신의 간섭은 인간이 상상하는 **속임수**의 범주에 있다. 시간 정지나 환각, 운명 조작, 혹은 상식을 벗어난 신의 사기적인 능력이 아니다.

　그리고 또 한 가지.

　마지막 게임인 도둑잡기에서 느낀 위화감이다.

　……북메이커가 내게 있던 조커를 뽑았어.

　……**그건 분명 이상해.**

　운 게임에서 필승을 선언할 정도이니 도둑 정도는 간단히 피할 수 있었을 것이다.

결과적으로는 페이가 도둑을 다시 뽑아 패배했지만. 그 게임만큼은 신에게도 빈틈이 있었다.

……전능한 힘이 아니야.

……이 속임수로는 내 카드의 도둑을 알아낼 수 없었다는 건가?

추측해라.

이 세 가지 게임에서 일어난 모든 일을 떠올려라.

① 신의 간섭은 코인 던지기에서 페이의 예상을 벗어나게 할 수 있다.

② 신의 간섭은 처음 받는 카드로 스트레이트 플러시가 완성되게 할 수 있다.

③ 신의 간섭은 페이의 수중에 있던 도둑을 간파할 수 없다.

④ 신의 간섭은————————할 수 있다. (③에서 추측할 수 있는 능력)

…….

……**그렇군.**

그 모든 타당성을 지닌 속임수는 한 가지밖에 없다.

『기다리기 지루하네.』

테이블에 턱을 괸 신이 한숨을 쉬었다.

그 손으로 모래시계를 빙글빙글 돌리며.

『너무 오래 끌면 시간을 제한할 거야. 이 모래시계의 모래가 다 떨어지면 끝나는 걸로 할까?』

"그런데 레셰."

그 말을 훌쩍 넘기고서.

페이는 뒤에 있던 주홍색 머리의 소녀를 돌아보았다.

"그냥 잡담인데."

"뭔데?"

"도둑잡기에서 반드시 이기는 속임수는 두 가지 있어. 레셰는 어느 쪽을 좋아해?"

"……."

신이었던 소녀가 잠시 침묵.

그러나 곧바로 정말이지 맑은 미소로 이렇게 답했다.

"응? 그게 뭐야? 난 모르겠어~."

"괜찮아. 그냥 잡담이었으니까. ……그리고."

돌아본다.

카지노 테이블 건너편. 호박색 눈동자로 이쪽을 의아하게 바라보는 신에게.

"한 번 더 하자."

『……?』

"지기만 하면 분하니까 설욕하고 싶거든. 도둑잡기로 한 번 더 대결하자. 펠, 미안하지만 한 번 더 카드를 나눠줘."

『……지금 무슨 말이야?』

신의 말에 섞인 약간의 짜증.

『게임은 끝났어. 속임수를 간파하지 못해 시간을 끌 생각이라면…….』

"아니."

신의 말을 가로막은 페이의 말.

그만한 힘을 담은 말로 똑바로 신을 노려보았다.

"아니면 더 확실한 선언이 필요해? 그럼 이렇게 말해주지."

잠시 뜸을 들인다.

이것이 인간이 신에게 보내는 도전장.

"다음 게임에서 네 **필승**을 무너뜨리겠어."

『……마지막 자비야. 인간, 딜러를 맡아.』

북메이커가 손가락을 튕겼다.

그 행동을 보고 다시 펄이 트럼프를 들었다.

페이와 북메이커가 지켜보는 가운데 펄이 카드를 몇 번이고 섞은 뒤 긴장한 얼굴로 교대로 카드를 나누어주었다.

……재밌네.

……이렇게까지 **우연이** 재현되나.

페이의 카드는 27장. 그 안에서 숫자가 같은 짝을 버렸다.

다만 이번엔 한 장씩 천천히 시간을 들여서. 5와 5. A와

A 등, 짝을 이룬 카드는 1밀리도 틀어지지 않도록 깔끔하게 겹쳐 테이블 옆에 놓았다.

『상당히 정성 들여 카드를 모으네.』

"내가 고집을 부린 눈물의 재대결이니까 조금은 진지하게 임해도 나쁠 것 없잖아?"

카드 선별 종료.

페이의 남은 카드는 5, 7, J, Q, 그리고 조커까지 다섯 장.

반면 신의 카드는 네 장.

"아까와 마찬가지로 카드가 많은 나부터 뽑아도 될까?"

『응, 그렇게 해.』

담담하게 답하는 신.

그 손에 있는 네 장에서 페이가 뽑은 것은 J. 이것으로 남은 카드는 네 장과 세 장. 뒤이어 신이 페이의 카드에서 뽑은 것은 7.

그리고.

이 시점에서 승패가 정해졌다.

"북메이커, 이전 게임에서는 네가 뽑은 게 조커였지?"

『그래. 운이 나빴지.』

"그래, 확실히 운이 나빴겠지. 하지만 너는 신경 쓰지 않잖아?"

『당연하지.』

신이 웃었다.

『조커를 뽑아도 내가 이기니까.』

"아, 그러셔."

페이의 카드는 「5, Q, 조커」.

그리고 페이가 뽑을 차례……가 왔는데…… 변화는 여기서 일어났다.

"……."

페이의 손이 멈췄다.

검은 머리 미녀가 손에 든 두 장의 카드를 응시하며 카드를 건드리기 직전에서 손을 멈췄다.

『왜 그래? 그렇게 내 카드를 빤히 보다니.』

"트럼프 카드 뒤를 관찰했어."

『……?』

검은 머리 미녀의 눈이 가늘어졌다.

그것도 그럴 터. 조커를 든 것은 페이다. 조커가 없는 신에게서 카드를 뽑는데 어째서 이렇게 숙고하는가?

신의 카드는 「5, Q」.

어느 쪽을 뽑아도 페이의 「5, Q」와 짝이 되어 테이블 옆으로 버려질 뿐.

"……."

『이해하기 어렵네.』

페이의 멈춘 손을 차가운 눈동자로 내려다보는 북메이커.

『너는 속임수를 간파했다고 했어. 이 도둑잡기에서 신인

나에게 이기겠다면서?』

"그래."

『그런데 뭘 고민하는 거지?』

"고민하는 게 아니야. 고르고 있어."

『……?』

"이 두 장 중에 어느 쪽을 고르는가에 내 승패가 정해지거든."

『…….』

신은 침묵.

그러나 그 후에 깊이 내쉰 숨에는 확실한 경멸의 감정이 담겨 있었다.

『마음대로 해. 하지만「틀렸다」는 말은 해둘게.』

"마음대로 할게."

신이 손에 든 카드 두 장.

그것이 5, Q라는 것은 확실하다. 만약 다른 숫자가 있다면 아까와 마찬가지로 신의 카드를 지켜보는 펄이 깨달을 것이다.

"정했다."

페이가 고른 것은 그가 볼 때 오른쪽.

Q가 짝을 이뤄 남은 것은 5와 조커인 두 장. 그리고 다음은 신이 뽑을 차례.

『그럼 이거…… 어머, 안타까워라.』

신이 뽑은 것은 조커.

이것으로 신의 카드가 5와 조커가 되고 페이의 카드는 5가 한 장뿐.

『혹시 지금 운이 좋았다고 생각해?』

신의 조소.

『운명의 선택. 여기서 내게 5를 뽑으면 네 승리……로 보이겠지? 안타깝게도 네가 도달할 곳은 첫 번째 게임을 재현하는 것뿐이야.』

"더 확실히 말하지 그래?"

그 차가운 미소에.

페이는 그저 태연하게 말했다.

"네가 꾸민 건 내가 **영원히 조커를 뽑는** 속임수라는 걸."

『……!』

"그건 통하지 않아. 왜냐하면 이미 이건 내…….."

신의 손에 들린 두 장의 카드를 향해 손을 뻗는다.

양자택일 같지만 **반드시 조커를 뽑게 되는** 간섭이 있는 카드 중에서.

"답을 맞혀볼 시간이니까."

페이가 뽑은 것은 「5」.

자신이 들고 있던 「5」와 짝을 이루어 손에 든 카드가 없어졌다.

『크?!』

신의 호박색 눈이 휘둥그레졌다.

믿을 수 없다. 신의 속임수가 발동한 이상 이 인간이 조커 이외의 카드를 뽑는 일은 절대로 없을 텐데?

"무슨 일이 일어났는지 모르겠다는 표정이네."

짝을 이룬 카드를 테이블에 남겨두고 일어선다.

거기에는.

당장에라도 울 것 같은 표정으로 웃고 있는 펄이 있었다.

"······페이 씨!"

"뭐, 이렇게 됐어. **숨겨진 승리 조건** 클리어라는 거다."

그렇다.

이 게임 『세 가지 속임수』에는 표면적인 승리 조건과는 다른 숨겨진 승리 조건이 있었다.

게임 『세 가지 속임수』

【승리 조건】다상신 그리모어가 사용하는 필승의 속임수를
간파할 것

【(숨겨진) 승리 조건】다상신 그리모어와의 게임에서 승
리할 것

=신의 패배로 필승이라는 게임 룰이 근본부터 무너지기
때문

이 숨겨진 승리 조건은 알려진 조건인 속임수 간파를 달성하지 않는 한 불가능하다.

"속임수의 정체는 「공모」다. 너와 내 동료의 공모."

앉은 채 미동도 하지 않는 신에게.
페이는 승리 선언인 해답을 들이댔다.
"이 자리는 4 대 1의 싸움이었어. 그리고 신이 1이 아니었지. 1이었던 건 나. 그렇지? 레셰."
"……풉."
그 순간.
뒤에서 입을 다물고 있던 레셰가 웃음을 터뜨렸다.
"아하하, 아하하하하! 완전 정답이야! 아, 역시 들켰네! 나는 잘했는데, 넬하고 펄 때문에 의심을 산 걸까?"
"저 때문이 아니에요!"
"나, 나도……!"
둑이 터지듯 세 소녀가 시끌벅적해졌다.
긴장의 끈이 풀린 것이다.
페이가 북메이커에게 이길 수 있는지 걱정하는 마음, 그 이상으로 북메이커의 속임수에 협력해 페이를 속인다는 배덕감에서 해방됐으니까.
"있지, 페이. 어떻게 알았어?!"

레셰만큼은 전혀 기죽지 않았다.

오히려 어느 타이밍에 페이가 속임수를 간파할지 두근거리며 지켜보고 있었을 것이다.

"위화감은 있었어. 예를 들어……."

페이가 시선을 보낸 곳은 카지노 테이블.

테이블 위에 흩어진 카드 중에 한 장, 빛을 내고 있는 조커 카드가 있었다.

"넬. 아까 내가 레셰와 한 이야기를 이해했어?"

"……음?"

넬이 당황한 표정으로.

"페이 공? 도둑잡기의 필승법은 두 가지 있다는 것 말인가? 오히려 나도 궁금했다. 그 말은 대체 무슨 의미였지?"

"반드시 조커를 뽑지 않는 속임수나 반드시 상대가 조커를 뽑게 하는 속임수. 그중 하나를 충족하면 필승이잖아?"

"……!"

그렇다.

도둑잡기에서 **필승**을 선언한다면 이 두 가지 중 하나가 필요하다.

전자라면 조커를 한 번도 뽑지 않는 회피.

후자라면 조커를 몇 번 뽑든 그것을 상대에게 되돌리기.

"나는 처음에 신의 속임수는 전자라고 생각했어. 포커에서 처음 받은 카드로 스트레이트 플러시를 만든 걸 봤으니

무의식중에 「필요한 카드를 모을 수 있는 속임수」라고 착각했으니까."

그러나 아니었다.

페이가 그 인식을 고친 것은 첫 번째 도둑잡기 게임.

"신은 도둑을 뽑았어."

이 시점에서 필승법은 반드시 조커를 뽑게 한다는 계통이리라 추측할 수 있다.

"중요한 건 여기서부터야. 내가 반드시 조커를 뽑는다는 것은 이 속임수는 **신의 카드에 조커가 있을 때만 발동한다는 뜻.**

덧붙이자면

신은 페이의 카드를 조작할 수 없다.

신은 자신의 카드만 조작할 수 있다.

"그리고 여기서 또 다른 위화감이 열쇠가 됐어. 그렇지? 펄."

금발 소녀를 돌아보며.

"어째서 내가 27장이었어?"

"……네?"

"아니, 물론 답은 알고 있어. 그런 역할을 맡았으니까."

도둑잡기에서 사용되는 카드의 장수는.

A부터 K까지 13종류×4 = 52장. 여기에 조커를 더해 53장. 신과 인간, 둘이 나눈다면 26장과 27장.

여기서 주목해야 할 점은 딜러인 펄의 행동이다.

"지금부터 두 사람에게 나눠줄게요. 26장과 27장이라 많지만······."

"페이 씨의 카드는 27장."

페이의 카드가 더 많았다.

도둑잡기라는 게임은 최대한 도둑을 뽑지 않는다(뽑으면 바로 상대에게 넘긴다)는 원칙상 카드가 적은 쪽이 유리하다.

딜러는 공평해야 하는 법.

그러나 승부에 유리한 26장을 누구에게 주는지 정할 수 있는 이상, 페이에게 26장을 주는 것이 펄의 자연스러운 심리일 것이다.

"어째서인지 펄은 내가 불리해지도록 카드를 나눴어. 두 게임에서 모두 말이지. 이건 좀 설명하기 어렵잖아?"

그것을 시작으로 동료인 펄에게 의심을 품었고, 결국 깨달았다.

"펄은 도둑잡기 도중에 항상 신의 뒤에 서 있었어. 그래. 신의 카드를 보고 있었지. 감시라는 명목의 협력, 어라이즈로 카드를 바꾸기 위해서지."

펄의 전이 능력은 두 가지.

하나는 이미 자주 사용한 텔레포트이지만 이번에 사용한

것은 다른 쪽.

위상 교환.

<small>시프트 체인지</small>

3분 이내에 펄이 만진 물건과 물건, 사람과 사람을 바꿀 수 있다.

예를 들어, 태양의 군신 마아토마 2세의 『태양 쟁탈 릴레이』에서 펄은 이렇게 말했다.

"태양 꽃을 시프트 체인지로 다른 꽃과 교환할 수 있어요!"

그것으로 확신했다.

펄의 어라이즈로 이 속임수를 설명할 수 있다고.

"펄은 감시라는 명목으로 신의 카드를 항상 지켜봤어. 그렇다면 내가 신이 든 카드 중에 뽑은 것이 숫자라면 그것을 조커와 교환하면 돼."

예를 들어 마지막 게임.

신의 카드는 5(왼쪽), 조커(오른쪽)이었다.

페이가 「5」를 뽑으려고 손을 댄 순간, 펄은 시프트 체인지로 5와 조커를 교환한다.

"그거라면 내 가정과 맞아떨어져. 신의 속임수는 내 카드를 간섭할 수 없고 간섭할 수 있는 것은 신의 카드뿐이라는 가정과."

거기서 추측하면 남은 것은 간단하다.

코인 던지기와 포커도 속임수를 사용한 것은 신이 아니다.

딜러였던 넬과 레셰.

그렇다면 신이 언제 **공모**라는 속임수를 준비했는가. 그것은.

"인간인 내가 간파할 수 있는 속임수라면 대결을 받아들이지."

『그럼 이렇게 하지. **내 속임수를 네 동료에게 먼저 알려줄게**. 내 속임수는———. 구체적으로는——————.』

그때였다.

속임수를 알려주는 것치고는 이상할 정도로 길었던 설명. 그것은 바로 세 사람과 나눈 작전 회의였다.

페이는 넬과 펄의 어라이즈를 안다.

그래서 두 사람은 간파할 수 있다고 단언했다. 이 속임수는 두 사람의 어라이즈를 활용한 것이니 분명 페이가 알아차릴 것이라고.

『…….』

검은 머리 미녀는 말없이 턱을 괴고 있었다.

그런 신에게 페이는 말을 이었다.

"하지만 굉장해. 잘 생각해보면 넌 처음부터 자신의 속임수를 암시하는 설명도 했었지?"

"여기는 마음을 비추는 다상신의 놀이터."

"나는 인간이 엘리먼츠를 찾아온 시점에 그 정보를 해석해. 육체 정보나 정신, 어라이즈까지 완벽하게 스캔하지."

어라이즈를 스캔한다. 넬과 펄의 힘을 처음부터 알고 있었다.

그렇기에 이 게임이 성립된 것이다.

"코인 던지기는…… 내 상상에 불과하지만, 그것도 딜러였던 넬의 어라이즈로 조작한 거지?"

"면목 없다, 페이 공!"

넬이 다급히 사과.

"그게……이런 속임수는 당치도 않지만……맞다. 내가 코인을 찼을 때 회전을 조작했다……."

넬의 어라이즈는『모멘트 반전』.

그녀가 찬 대상을 에너지, 질량의 크기에 상관없이 튕겨낸다.

설명하자면 이렇다.

딜러인 넬이 홀수 회전으로 떨어지도록 코인 토스.

예를 들어 공중에서 49번 회전하고 떨어지는 코인을『모멘트 반전』으로 다시 차올리면 코인은 98번 회전하고 떨어진다.

홀수 회전이 짝수 회전이 된 결과 앞면이 되어야 할 코인이 뒷면이 된다.

……물론 상당한 정확도가 필요해.

……그런 정확도를 얻기까지 굉장한 시간과 노력이 필요할 거야.

그러나.

신에게 도전하는 플레이어가 그 노력을 게을리할 리가 없다.

특히 넬은 신에게 패배했음에도 다시 신에게 도전하는 것을 바라는 소녀다. 신에게 도전하는 자가 그만한 노력을 하지 않았을 리가 없으니 그 정도의 조작을 못할 리가 없다.

다만.

"하지만 넬, 이 속임수는 내가 앞뒤를 적중한 경우에만 쓸 수 있잖아? 내가 실수로 뒤라고 선언했다면 어쩔 셈이었어?"

"그건, 믿고 있었다."

넬이 살며시 쓴웃음을 지으며 코인을 들어 보였다.

앞면이 흰색에 뒷면이 검은색. 회전 중에도 앞뒤가 잘 보이도록 페이가 고른 것이다.

"신들과 벌이는 두뇌전에서 10승을 노리는 남자가 이 정도의 게임을 맞추지 못할 리가 없다고 믿고 있었다. ……그게, 면목 없다."

"아니, 훌륭했어. 나도 처음엔 전혀 몰랐어. ……그렇게 됐으니 레셰는 설명할 필요 없어서 생략."

"어째서?!"

신이었던 소녀의 눈이 커졌다.

자신의 속임수를 밝혀주기를 마음 졸이며 기다렸겠지만.

"레셰가 딜러를 맡은 포커는 딱히 능력을 사용했던 게 아니잖아?"

"당연하지!"

자신의 가슴에 손을 얹고 뻐기는 레셰.

"나 정도의 숙련자라면! 포커에서 처음부터 스트레이트 플러시를 맞추도록 나눠주는 일은 눈 감고도 할 수 있어!"

"뭐…… 애초에 내가 레셰를 보지 않았으니까."

이건 완전히 허를 찔렀다.

신의 속임수라는 이름의 선입견 때문에 포커에서 카드를 배분할 때 페이가 감시했던 것은 북메이커의 행동.

레셰는 그 옆에서 아랑곳하지 않고 카드의 순서를 바꿨다는 뜻이다.

"어때? 북메이커."

『아니. 받아들일 수 없어.』

흘끔.

말이 없던 검은 머리 미녀가 비로소 고개를 들었다.

테이블 위에 흩어진 트럼프를 내려다보며.

『게임은 네 승리. 하지만 기묘해. 마지막 도둑잡기, 속임수를 간파했다 해도 네가 이기는 건 불가능할 텐데?』

"지당하신 말씀."

펄의 시프트 체인지는 막을 수 없다.

북메이커가 가진 패는 「5」와 「조커」. 여기서 페이가 운 좋게 5를 골랐다 해도 카드를 뽑기 직전에 시프트 체인지로 조커와 바꿀 수 있다.

그러나 페이는 「5」를 뽑았다.

이것은 시프트 체인지가 발동하지 않았다는 것을 의미한다.

『규칙 위반이야.』

호박색 눈동자가 노려본 곳은, 펄.

『네가 어라이즈를 발동하지 않은 거지?』

"……그게 아니에요."

『시프트 체인지는 발동하지 않았어. 고의가 아니라면 뭐라는 거지?』

"그건……."

신의 눈총을 받으며.

금발의 소녀는 최고로 장난스러운 얼굴로 미소 지었다.

"발동할 수 없었어요."

『뭐?』

"제가 시프트 체인지를 쓸 수 있는 건 트럼프를 나눠주고서 3분 이내뿐이니까요."

『……!』

이번에야말로.

이번에야말로 다상신 그리모어의 눈이 명확하게 경악으로 휘둥그레졌다.

이제야 깨달은 것이다.

펄이 시프트 체인지를 발동할 수 있는 것은 3분 이내에 만졌던 물건. 그리고 페이와 북메이커의 도둑잡기가 그 시간제한을 넘어버렸다는 사실을.

"이제 알았나 보네. 처음 할 때는 아무런 문제가 없었는데 왜 두 번째 도둑잡기 때는 3분을 넘겼는지를."

『시간 끌기?!』

"그래. 내가 카드를 뽑을 타이밍으로 조절했어."

페이가 자신의 턴에서 시간을 끌었다.

북메이커가 든 두 장의 카드를 계속 응시했던 것은.

"왜 그래? 그렇게 내 카드를 빤히 보다니."

허세.

카드를 관찰하려는 목적이 아니다. 게임이 시작한 이후 3분이 지나 펄의 시프트 체인지를 발동하지 못하게 하려는 지연 행위였다.

『하지만 그렇게 해도 50퍼센트 확률. 네가「5」를 뽑은 것은 단순한 행운…….』

"운이 아니야."

『……?』

"너는 뽑은 도둑의 위치를 바꾸지 않았잖아? 뽑은 카드를 왼쪽에 뒀지. 그래서 도둑의 위치를 훤히 알았어."

『크!』

북메이커의 방심.

도둑잡기에서 도둑을 뽑은 사람은 손에 든 카드 중 어디에 도둑이 있는지 숨기는 것이 보통이다.

그러나 신은 그럴 필요가 없었다.

페이가 도둑의 위치를 안다 해도 시프트 체인지로 바꿀 테니 도둑의 위치를 숨길 필요가 없었다.

『첫 번째 게임에서 거기까지 간파하고서 두 번째 게임의 포석으로 삼은 거야?』

"그래. 시프트 체인지를 막으면 이길 가능성이 있다고 본 거지."

『……놀라워.』

북메이커, 검은 머리 미녀가 미소 지었다.

졌다고 말하는 것처럼 익살스럽게 어깨를 으쓱인다.

『답을 맞혀보는 것까지 충분히 즐거운 게임이었어. 만족했다고 평가할 정도로.』

"그거 잘 됐네. 그럼……."

『약속했던 포상 말이지?』

과거 유명했던 미녀 갬블러의 모습을 한 북메이커가 일어섰다.

페이가 지켜보는 가운데 발소리를 울리며 일직선으로 넬의 눈앞까지 걸어왔다.

"어……어……?"

넬이 멍하니 눈을 깜박이고.

그런 그녀의 왼쪽 손목을 붙잡더니 그 손바닥에 매끄러운 입술을 가져간다.

"으, 흐아아앗?!"

『자, 끝.』

북메이커가 그 반응을 즐기듯 몸을 돌렸을 땐 이미 넬의 손바닥에 새겨졌던 패배「Ⅲ」의 각인은 흔적도 없이 사라졌다.

"아…….."

자신의 손바닥을 빤히 바라본 넬의 몸이 떨렸다.

"이, 이걸로…… 이걸로 복귀한, 건가……?"

넬, 3승 0패. 사도로 복귀.

"페이 공! 고맙……"

『아, 맞다.』

감격하는 넬의 목소리를 가로막듯이 북메이커가 손뼉을 쳤다.

옆으로 이쪽을 바라보며.

『답을 맞혀볼 게 하나 더 남았잖아.』

"응?"

『네가 나한테 이렇게 말했지? 전부 노리던 바라고. 어떻게 되어도 너희가 이기고 끝날 거라며?』

분명 넬은 재기에 성공했다.

그러나 3승을 건 싸움에서 넬이 패배해 페이의 손바닥에 있던 6승의 각인이 3승까지 떨어졌다.

밑지는 장사.

사무장 미란다의 말을 빌리자면 「1승은 1패의 열 배의 가치가 있다」.

페이의 3승을 잃고 넬의 3승을 지운 것은 결과적으로 커다란 실패. 아무리 생각해도 성공이라고 말하기 어렵다.

그런데.

"어째서 내가 그렇게 선언했냐고? 그야 보면 알거 아냐."

『......? 뭐를?』

"펄, 넬, 그리고 레셰."

의아해하는 신의 앞에서 페이가 부른 것은 동료인 세 소녀.

"잠깐 오른손을 내밀어봐."

"네."

"응?"

"이렇게 말인가? 페이 공."

저마다 오른손을 내민 소녀들.

그 손바닥을 본 북메이커의 눈이 커졌다. 소녀들의 손에 새겨진 각인은 「Ⅲ」. 다시 말해 3승이라는 의미다.

레세　3승 0패 : 타이탄, 우로보로스, 마아트마 2세를 격파해 3승.

펄　　3승 1패 : 1승 1패에서 우로보로스, 마아트마 2세를 격파해 3승.

넬　　3승 0패 : 3패가 지워져 0패.

그리고 마지막으로.

페이는 자신의 오른쪽 손바닥을 펼쳤다. 거기에 새겨진 승리 수는 「Ⅲ」.

"이렇게 된 거지."

페이　3승 0패 : 3승 0패에서 타이탄, 우로보로스, 마아트마 2세를 격파해 6승.

거기에 3승을 잃어 현재 3승.

모두의 승리 수가 「3」으로 통일됐다.

『설마…….』

"그래. 내가 노린 건 『승리 수 조정』이었어."

페이, 레셰, 펄, 넬이 모두 동일한 승리 수를 맞춘다. 넬의 복귀와 병행해 노린 것이 이것이다.

"이것으로 우리는 **모든 팀원이 동시에 10승**할 수 있게 됐지."

넬이 북메이커에게 이기면 만만세.

넬이 북메이커에게 져도 승리 수를 조정한다는 목적을 달성할 수 있다.

페이가 선언한 어떻게 돼도 승리라는 뜻이 바로 그것이다. 넬이 이기든 지든 자신들에게 좋은 미래가 찾아온다는 뜻이었다.

"……그, 그런 생각을?! 어째서인가, 페이 공?! 어째서 그런 어려운 길을……!"

넬이 목소리를 짜냈다.

그것도 당연한 반응이다. 그녀는 어째서 페이가 귀중한 3승을 잃으면서까지 승리 수를 조절하려 했는지 이해할 수 없을 것이다.

펄도 마찬가지. 어쩌면 레셰도 그럴 것이다.

"페이 공의 마음은 기쁘지만 승리 수 조절만큼은……."

"신기하지 않아?"

"응?"

"넬. 이 『신들의 놀이』는 몇백 년이라는 역사가 있는데 어째서 인류사상 10승을 달성한 사람이 한 명도 없을 것 같아?"

호소하듯 바라보는 넬에게 질문으로 답한다.

"미란다 사무장님도 말했잖아? 최근 몇백 년의 역사 속에는 당연히 굉장한 천재가 몇 명이나 있었어. 게임의 천재라 불리는 신동들이 말이야. 그런 그들도 7승, 8승을 끝으로 은퇴했지. 9승도 달성하지 못했어.

"……그, 그게 무슨?"

"그게 개인플레이의 한계야. 수많은 신들을 상대로 천재한 명이 도달할 수 있는 한계가 분명 8승일 거야."

부족하다.

인류가 도달하지 못한 9승, 10승을 노리려면 천재 한 명으로는 부족하다.

신들의 놀이는 신 VS **다수의 인간**으로 이루어진다.

타이탄, 우로보로스, 마아트마 2세의 게임도 그랬었다.

신들이 가져오는 게임은 천재 혼자서는 공략할 수 없다.

신들은 암묵적으로 알려주고 있다. 한 명의 뛰어난 플레이어가 도전하면 안 된다는 것을.

"거기에 10승까지의 돌파 조건도 숨겨져 있을지도 모르지. 팀원 모두가 8승이나 9승을 할 때 어떤 포상이나 변화가 있을 수도 있어. 그러니 팀원 모두가 동시에 10승을 노리는 것이 우리의 어엿한 전략이다."

"……그, 그런 말을 해도……."

"……저희도 이해가 안 돼요오."

멍하니 반쯤 입을 벌린 넬과 펄.

레셰는 처음부터 페이가 3승을 잃는 것조차 상관하지 않는 쪽이었던 탓인지 새삼스럽다는 표정.

참고로.

"이유는 하나 더 있지. 승리 수 조정은 **게임 대책**이기도 하니까."

"음?"

"흐에?"

"아니, 이건 내 혼잣말이고 대단한 건 아니야."

실은 한 가지 더. 페이가 예상하는 「어떤 게임」을 위한 준비이기도 하지만 그것은 실제로 일어날지 알 수 없는 미래의 이야기다.

『흐음. 인간, 진심인가 보네.』

북메이커가 즐거운 듯이 팔짱을 낀다.

『신들의 놀이. 진짜로 10승을 노리는구나? 뭐, 할 수 있다면 해봐. 3패해서 내가 필요해지면 다시 찾아오고.』

"그렇게 되지 않도록 노력해야지."

『쌀쌀맞긴.』

검은 머리 미녀가 미소를 지었다.

『그만 돌아가. 인간의 일생에서 할 수 있는 게임은 얼마 안 되니까 여기에 쓸 시간이 아깝잖아?』

그 한 마디를 마지막으로, 페이 일행의 주위가 희미하게 밝아졌다. 거품과 같은 빛에 감싸인 직후, 페이 일행은 이 곳 엘리먼츠에서 쫓겨났다.

━━━━━━━━

신들의 놀이터『신들의 카지노』.

인간 네 명이 떠난 놀이터에서.

『아~ 또 한가해졌네.』

다상신 그리모어는 지루한 듯이 투덜거렸다.

『다음에 인간이 찾아오는 건 또 몇십 년은 지나야 하려나.』

쩌적.

바로 그때, 눈앞의 공간이 갈라졌다.

영적 상위 세계의 침입.

누군가가 억지로 영적 공간을 비틀어 연결한 뒤 그 접합된 공간을 파괴하고 신들의 카지노로 찾아오려는 징후.

쩌적.

균열이 커지다 유리처럼 깨졌다.

크게 벌어진 검은 구멍. 사람 한 명이 지날 수 있을 정도의 크기로 공간이 틈새가 생기고, 거기서 나타난 것은.

『어머나?』

나타난 신을 본 다상신 그리모어는 놀랐다.

『이게 어쩐 일이야. 정말로 보기 힘든 손님이 찾아왔네.』

『…….』

훌쩍 그곳에 착지한 **소녀**.

새하얀 눈처럼 빛나는 은발, 눈처럼 새하얀 피부인 소녀였다.

마치 극상의 예술품처럼 보이는 신성함이 느껴질 정도로 사랑스러운 얼굴. 그 두 눈은 반짝이는 루비처럼 강하게 빛났다.

만약에.

만약 페이가 이곳에 남아 있었더라면 눈을 의심했으리라.

『**우로보로스.**』

나타난 신의 이름을 부른 북메이커는 즐거운 듯이 웃었다.

『무슨 일이야? 자신의 세계에서 나오지 않는 네가 나를 찾아오다니, 대체 어떤 심경의 변화래?』

『…….』

우로보로스라고 불린 소녀는 대답하지 않았다.

그저 말없이 눈앞의 카지노 테이블로 걸어가서는.

『방금까지 있던 인간은 어디로 갔어?』

단 한마디, 그렇게 말했다.

Player.4　이 게임은 현실 귀환을 허락하지 않아

God's Game We Play

1

　신비법원 루인 지부.

　남자 기숙사 3층에 있는 페이의 방에서 파티용 폭죽이 연달아 울렸다.

　"넬 씨, 복귀 축하해요오!"

　"……고, 고맙다."

　"환영의 게임 파티야!"

　"……레, 레셰 님까지, 감사합니다."

　폭죽을 터뜨린 두 소녀 사이에서 무릎을 꿇고 앉은 넬이 부끄러운 듯이 얼굴을 붉혔다.

　참고로 지금 그녀는 루인 지부의 복장이었다.

　넬 본인의 희망으로 마르 라 지부에서 활동하지 않고 루인 지부로 전입. 다시 말해 페이의 팀에 가입했다.

　"자, 놀자!"

　보드게임을 들고 오는 레셰.

　"4인 대전이야말로 보드게임의 꽃이자 정점! 지금 우리는 드디어 네 사람이라는 최고의 조건을 달성했어!"

"밥도 그래요!"

캔 주스를 들고 온 펄.

"밥은 네 명 이상이서 먹으면 단번에 파티처럼 돼요! 지금 우리는 드디어 팀 단독으로 파티를 열 수 있게 됐어요!"

"……그, 그런가. 환영해주는 건 기쁘다만."

반면 넬은 아까부터 두리번두리번 거실을 둘러보았다.

페이의 방을 빈번히 관찰하고서.

"……나는 남성의 방에 들어오는 건 처음이라서……."

가만히. 넬이 특히 뜨거운 시선을 보낸 것은 거실 한쪽에 놓인 간이침대였다.

"……한창때인 남자의 방을 찾아온 젊은 소녀. 청춘 한복판의 두 사람이 같은 방에 있는데 아무 일도 일어나지 않을 리가……."

"……? 왜 그래, 넬."

"아, 아니, 아무것도 아니다, 페이 공!"

퍼뜩 정신을 차린 넬이 힘차게 고개를 저었다.

그때 옆에서.

"생각났어요!"

펄이 소파에서 벌떡 일어났다.

"이 환영회에 뭔가 부족하다 싶었어요! 페이 씨, 축하 파티에 빠질 수 없는 것을 세 글자로!"

"놀거리."

"케이크예요!"

펄이 테이블에 올린 것은 장보기용 비닐봉지. 거기에는 달걀, 박력분, 버터, 그리고 딸기 등등이 담겨 있었다.

아마도 쇼트케이크의 재료일 것이다.

"맛은 물론이고 보기도 예쁘고 화려하게! 이 축하 파티에도 분명 필요할 거예요. 페이 씨, 부엌 좀 빌려도 될까요?"

"응? 펄이 만들 거야?"

"맡겨주세요!"

가슴에 손을 얹은 펄이 자신만만하게 끄덕였다.

"게임은 세 분이서 하고 계세요. 제가 극상의 쇼트케이크를 만들게요."

"괜찮겠어? 고마워, 펄. 신경 써줘서."

"에헤헤. 아니에요."

펄이 부끄러운 듯이 웃었다.

"페이 씨가 기뻐해 주시니 저도 기뻐요."

"……!"

"……!"

그 순간.

화기애애하게 대화를 듣고 있던 넬과 레셰의 눈이 번쩍였다.

"그럼 저는 이만 부엌으로……."

"잠깐."

레셰가 몸을 돌린 펄의 목덜미를 붙잡았다.

마치 고양이를 붙잡듯이.

"있지, 펄. 지금 막 생각난 척하면서 재료까지 준비해온 걸 보면 상당히 용의주도한걸?"

"……! 무, 무슨 말이에요, 레셰 씨!"

"어이쿠. 목소리가 떨리기 시작했다, 펄."

"……! 넬 씨까지?!"

뒤에서는 레셰. 앞에서는 넬.

두 사람 모두 온화하게 웃고 있지만 지켜보는 페이의 등줄기는 어째서인지 서늘해졌다.

"펄, **꾸몄구나?**"

"움찔?!"

펄의 표정이 굳어졌다.

"무, 무슨 말인가요, 레셰 씨! 저는 넬 씨를 맞이하려는 환영의 마음으로 케이크를 만들려고……."

"거짓말."

금발을 흐트러뜨린 소녀 앞을 검은 머리 소녀가 가로막았다.

"말로는 나를 환영한다지만 진짜로 케이크를 선보이고 싶은 상대는 따로 있는 것 같군."

"움찔?! 으, 으으으……."

펄이 우물거렸다.

그러나 앞뒤가 막힌 이상 포기했는지 어깨를 떨구고 말았다.

"……알겠어요. 셋의 협력 플레이를 제안할게요."

"훌륭해."

"음, 알겠다."

서로 끄덕이는 세 소녀.

참고로 끼어들지 못한 페이는 아직 상황을 파악하지 못했는데.

"저기, 나도 도와……."

"페이는 거기서 기다려."

"이건 여자 동맹의 일이에요."

"그렇다. 셋이서 힘을 합쳐 케이크를 만들고 싶다."

"……그, 그래?"

부엌으로 떠난 소녀들.

홀로 거실에 남겨진 페이가 살짝 엿들으니.

"이런?!"

쨍그랑.

세 사람이 부엌으로 들어가고 5초 만에 무언가가 깨졌다.

"……여, 여기가 페이 공의 주방이라고 생각해 한눈을 팔았더니 그만…… 그릇을 깨뜨렸다!"

"아, 괜찮아, 괜찮아."

뒤이어 태평한 레셰의 목소리가.

"나도 전에 그릇을 떨어뜨린 적 있었는데 페이는 모르더라고."

알고 있었다.

알고 있었지만 혼내지 않았을 뿐이다.

"네~! 즐겁게 케이크를 만들어요!"

그리고 정말이지 여유로운 펄의 목소리.

"우선 중대 보고예요. 아까 페이 씨의 앞에서는 쇼트케이크를 처음부터 만든다고 멋을 부렸지만, 케이크 시트를 굽는 것부터 시작하면 시간이 너무 걸려요. 그러니 케이크 시트를 살짝 사뒀어요!"

"중대하군?!"

"그리고 생크림도 판매하는 휘핑크림으로 간편하게!"

"그 비닐봉지에 든 것들은 대체 뭐였던 거야?!"

무심코 거실에서 그렇게 항의했지만 부엌에 있는 세 소녀에게는 들리지 않았다.

"그럼 케이크를 만들어요! 여기에 구운 케이크 시트[기성품]를 놓고 휘핑크림[기성품]을 바르자고요."

"펄, 이 딸기는 아직 안 써?"

"딸기는 크림을 바른 뒤에, 레셰 씨, 뒤에서 밀지…… 꺅?!"

누군가가 넘어지는 소리.

뒤이어 펄의 비명이 거실까지 울렸다.

"아야얏, 넘어진 탓에 생크림 범벅이 됐잖아요오?! 정말…… 머리까지 크림으로 끈적거려요오……."

"……! 이 광경은 설마?!"

넬의 외침이 울렸다.

"「제가 바로 선물이에요」 하고 그 차림으로 페이 공에게 다가갈 셈이구나, 펄!"

"오해라고요오!"

"그런 거였어?! 「내 뺨에 묻은 생크림을 먹어주세요」라고 말하려는 파렴치한 작전이네!"

그런 소녀들의 뜨거운 대화로부터 눈을 돌리고서.

"……휘핑크림이나 다시 사 올까."

페이는 자신의 방에서 나갔다.

한 시간 후.

페이의 앞에 지금 막 완성된 케이크가 도착했다.

"어째서 케이크에 바나나(껍질 포함)가 통째로 꽂힌 건지, 생일도 아닌데 초콜릿으로 Happy birthday라고 적혀 있는지, 그런 계절도 아닌데 산타가 장식되어 있는지 등등 물어보고 싶은 게 많은데……."

"축하해야 하니까 화려하게 장식했어!"

두 손에 바나나를 쥔 채로 부엌에서 나온 레셰.

케이크 시트에 바나나를 꽂은 것은 틀림없이 이 신이었

던 소녀이리라.

"넬 씨, 부탁해요."

"음. 식칼이라면 맡겨다오!"

케이크 나이프를 든 넬이 익숙한 듯이 케이크를 자르려 했다.

그렇게 생각했더니.

"……아."

칼날이 케이크에 닿을락 말락 할 때 넬이 손을 멈췄다.

"페이 공, 혹시나 해서 묻겠다만 케이크는 4등분이어도 괜찮은가?"

"왜?"

"지금 여기엔 네 사람이 있지만, 혹시 내가 모르는 게임 애널리스트나 코치, 어드바이저가 있나?"

"아…… 그게, 아직 없어."

이유는 두 가지.

페이 자신이 게임을 좋아하는 멤버를 엄선하려는 의사가 있기 때문.

……다른 하나는 레셰 때문이지.

……루인 지부에서는 귀엽지만 화나면 무서운 예전 신이라는 이미지가 있으니까.

펄과 넬은 예외다.

두 사람 모두 페이가 손을 내밀어 팀이 됐지만 그런 사정이 없는 한 적극적으로 레셰에게 다가오는 사도는 그리 많지 않다.

"흠⋯⋯."

넬이 그대로 생각에 잠겼다.

"실은 언제 물어볼까 망설였다만, 페이 공. 우리의 팀명은?"

"그건 저도 궁금했어요!"

펄이 힘차게 손을 들었다.

"강한 팀이니까 멋진 팀명이 중요해요! 분명 페이 씨도 생각 중이라고 말했었죠? 정했나요?"

"⋯⋯그게 말이지."

펄이 얼굴을 들이밀자 페이는 뒤통수를 긁적였다.

자백하자.

페이는 이름 짓는 게 서툴다. 그보다 태어나서 지금까지 무언가에 이름을 지어준 적도 없다.

⋯⋯내 이름은 당연히 부모한테서 받은 거고.

⋯⋯「신의 총애를 받다」처럼 거창한 이름은 미란다 사무 장님이 지어준 거니까.

해보지 않았기에 서툴다.

자신의 팀명. 그것은 넬이 물어보기 전까지 속으로 나중에 생각하자며 도망쳐왔다.

"나중에⋯⋯."

"안돼요! 슬슬 정하지 않으면 등록명이 공백이라 사무 쪽에서도 곤란하다고 미란다 사무장님도 말했잖아요!"

펄이 빠르게 견제했다.

그러나 이것만큼은 페이도 반론의 여지가 없다.

"이참에 다 같이 생각해볼까. 레셰는 원하는 것 있어?"

"강한 느낌이 좋아. 딱 봐도 최강의 팀인 걸로!"

"다음은 펄."

"귀여운 게 좋아요오. 애교와 친숙함이 중요하니까요."

"마지막으로 넬."

"역시 성실함이 제일이다. 품격 있고 시적인 울림이 있다면 더 좋겠지."

"다들 너무 취향이 다르지 않아?!"

훌륭할 정도로 의견이 갈렸다.

참고로 페이는 간결해서 외우기 쉬운 이름이라면 무엇이든 괜찮다는 쪽.

"내가 처음에 들어갔던 팀은 이미 해산했으니 그걸 참고해서…… 아니, 미란다 사무장님이라면 대충 지었다며 혼내겠지. 차라리 사무장님이 지어줬으면 좋겠는데."

「일을 늘리지 말아 줄래?」

그런 불만이 돌아올 것이 불 보듯 뻔하지만 팀원의 의견이 이렇게까지 갈라졌다면 제삼자의 의견을 받는 편이 빠르다.

30분 후.

케이크를 다 먹은 일행은 신비법원 빌딩 9층으로 이동.

다시 말해 미란다 사무장의 방으로 찾아갔는데.

"……어라?"

그 방 앞에서 페이는 자신의 눈을 의심했다.

어쩐 일인지 문에 회의 중이라고 표시되어 있었다. 미란다 사무장과 누군가가 대화 중인 모양이라 출입이 금지된 상황.

"미란다!"

그러나 레셰는 그런 인간의 사정을 신경 쓸 리가 없다.

아랑곳하지 않고 문을 두드리고는.

"회의는 나중에 하고 우리 팀명 생각해줘! 안 들려? 5초 안에 문을 열지 않으면 이 방 안에 마그마를 흘려보낼 거야!"

"무서워라!"

그렇게 몇 초.

그런 레셰의 협박이 들렸는지 급박한 발소리가 문 쪽으로 다가왔다.

"아, 정말! 얼마나 대체 얼마나 큰 사건인건데!"

"있지, 미란……."

"부장, 바로 전 세계의 지부에 확인해! 서둘러! 몇 명이 휘말렸는지 확인을! 그리고 본부에 지원 요청!"

"응?"

레셰가 눈을 깜박인다.

이쪽이 보이지 않는 듯하다.

눈에 띄는 주홍색 머리카락이라는 몇 백 미터 밖에서도 보일 법한 레셰가 있는데도 사무장은 전혀 깨닫지 못하고 지나갔다.

"저, 미란다 사무장님? 혹시 제가 북메이커한테 3승을 빼앗긴 거에 아직 화가 안 풀렸어요? 그건 제대로 사정을 이야기했고, 무릎 꿇고 5시간이나 사과했잖아요."

"거신상에 다이브하는 것도 바로 중지해! **이 이상 희생자가 생기면 곤란**하니까!"

페이의 말도 들리지 않는 모양.

북메이커의 게임에서 과한 행동을 해서 기분이 상했나 싶었지만, 사무장의 성난 목소리를 들어보니 어딘가 달랐다.

"⋯⋯? 아, 페이 군?"

이제야 돌아본다.

게다가 사무장은 이쪽을 돌아보자마자 다시 등을 돌리고 말았다.

"미안해! 나중에 보자. 가자, 부장!"

그리고 복도를 전력 질주.

페이 일행을 얼핏 본 사무장은 순식간에 통로 안쪽으로 사라졌다.

"……문도 안 잠그고 갔잖아."

집무실 문도 열린 채.

평소에는 느긋한 사무장이 이렇게까지 허둥대는 모습은 페이도 처음 봤다.

"뭐, 됐어. 안에서 기다리자."

"어? 자, 잠깐만요, 레셰 씨! 멋대로 들어가면…….'

"화내면 나가면 되지."

열린 문을 통해 당당히 안으로 들어가는 레셰.

그 뒤를 이어 페이도 입장.

그러다 문득 사무장의 책상에 놓인 모니터에 눈이 갔다.

"응?"

원래는 칭찬받을 행동은 아니다.

그러나 이런 이상한 상황에서 모니터에 비친 문자들을 무심코 눈으로 확인하고 말았다.

"……뭐야, 이거."

【긴급 안건】

세계 규모로 신들의 놀이에서 귀환하지 않은 사도들이 동시 발생.

약 57시간 전부터 세계 각지의 거신상에 다이브한 사도 209명이 동일한 신들의 놀이에 소집된 사실을 확인.

이후 통신 두절.

귀환자 **제로**.

"이⋯⋯이게 뭔가요?!"

"게임 시작하고 57시간이 경과했지만 200명 이상의 사도가 한 명도 돌아오지 않았다고? ⋯⋯상당히 불길하군."

모니터 화면을 들여다보는 펄과 넬.

신들의 놀이에서는 승리나 패배, 혹은 게임이 지속되어도 게임 중에 탈락하면 곧바로 원래의 세계로 돌아온다.

그런데 아무도 귀환하지 않았다. 그리고 통신도 끊겼다.

"이건, 그러니까⋯⋯."

얼굴이 창백해진 펄이 숨을 죽였다.

그렇다.

이것은 원래 있어선 안 되는 게임의 가능성을 시사한다.

현실 귀환 불가능 게임.

전대미문의 게임이다.

페이도 들어본 적이 없었다.

⋯⋯신들의 놀이는 100시간 이상 걸리는 것도 드물지 않아.

⋯⋯그렇다 해도 게임 중에 탈락한 플레이어는 순차적으로 돌아오는 게 보통이야.

특수한 게임이 오래 걸리고 있나?

그럴 가능성도 버릴 수 없지만 통신이 불가능하다는 정보도 신경 쓰인다.

다이브할 때는 신안 렌즈라는 기기를 들고 가서 엘리먼츠의 상황을 이쪽에서 볼 수 있을 텐데.

"57시간 전이라면 우리가 북메이커의 게임을 끝내고 돌아올 무렵인가? 엇갈렸네."

레셰도 화면을 들여다보았다.

"있지, 페이. 미란다가 허둥대던 건 이거 때문일까?"

"……그렇겠지."

페이는 레셰의 옆에서 화면을 아래로 더 스크롤했다.

추가 정보.

세계 각지의 신비법원에서 다이브 금지. 귀환하지 않는 사도가 늘어날 것을 우려해 신비법원 본부가 정한 듯했다.

"이걸 읽어보면 전 세계에서 다이브한 사도가 게임 하나에 **모인** 느낌이야. 발단은 57시간 전에 시작된 게임이고, 지금도 그 현상이 이어지고 있어."

"엄청 위험한 것 아닌가요?!"

모니터를 응시한 채로 펄이 말했다.

"이건…… 아무것도 모른 채 신들의 놀이에 도전하려던 사람들까지 섣불리 다이브했다가 그 위험한 게임에 강제 참가되어 돌아올 수 없게 되는 거잖아요?!"

"그래서 미란다 사무장님도 당황했겠지."

일반적이지 않은 당황이었다.

사실 이 모니터에 있는 긴급 안건은 그만큼 심각한 내용이었다.

그러나.

"음~."

레셰는 뭔가 불만스러운 듯이 고개를 갸웃했다.

"이상하네. 신이었던 입장에서 말하자면 엄청 알 수 없어."

"그 말은?"

"전 세계에 있는 거신상이 동일한 게임에 연결됐어. 그러니까 동일한 엘리먼츠에 불렸다는 거잖아? 인간과 놀고 싶은 신은 너무 많아서 거신상을 통해 인간이 찾아오면 플레이어를 두고 경쟁이 벌어지는걸."

"……독점이 발생했다는 건가?"

"인간을 독점하는 신이 있다는 뜻이야. 어떤 원리인지는 모르겠지만."

플레이어 200명 이상을 강제 참가시켜 현실 귀환도 허락하지 않는다.

……인간을 함정에 빠뜨린 듯한 수법.

……꽤 질 나쁜 신이 있네. 어떤 녀석이지?

화면 제일 아래까지 스크롤해도 신에 관한 기록은 없었다.

바로 그 순간.

작은 알림창이 빼꼼 떠올랐다.

"메일? 아, 미란다 사무장님의 단말이었지. 사무장님 앞으로 온 메일……이라면 그 안건에 관한 급한 연락인가?"

"보자!"

"어? 자, 잠깐만요, 레셰 씨! 아무리 그래도 메일을 엿보는 건……."

"어이쿠, 손이 미끄러졌네!"

메일이 열리고.

메일의 내용을 요약하자면 이렇다.

『구조팀 파견 결정.』

"뭐, 상식적으로 그렇게 되겠지."

페이가 본부 관계자라도 같은 결정을 내렸을 것이다.

"현실로 귀환할 수 없는 사도가 있으니 구출한다. 예를 들자면, 조난자가 대량 발생했으니 그 산으로 떠나는 구조대인 느낌일까?"

"재밌을 것 같아!"

레셰의 눈이 반짝였다.

"관심 있어. 200명 이상이 50시간…… 합쳐서 1만 시간이 걸려도 클리어할 수 없는 게임이잖아? 대체 어떤 게임일까?!"

"힉?!"

레셰의 그 말에 펄이 겁먹은 듯이 주춤했다.

"자, 잠깐만요! 이건 구조팀이 이 게임에 참가한다는 거죠? 아무도 귀환하지 않는 게임에서 구조팀까지 돌아오지 않으면……."

"미귀환의 쳇바퀴지."

"엄청 위험하잖아요?!"

"엄청 위험하지!"

덜컹.

바로 그때 집무실 문이 세차게 열렸다.

"지금 막 회의가 끝났어!"

"미란다 사무장님?! 아, 그, 그게 아니에요! 방에 멋대로 들어온 건……."

"펄 군, 이 사건에 흥미가 있나 보네?"

사무장의 눈이 요상하게 빛났다.

"구조팀에 관해 이야기했었지? 그렇구나, 구조팀에 참가하고 싶나 보구나!"

"아, 아니요, 끼어들 생각은 전혀……."

"그럼 설명할게!"

"쳇바퀴 위를 달리고 싶지 않아요오오오!"

그렇게 시작된 미란다 사무장의 설명(강제).

"이 사건의 게임은 **미로**야."

누구나 아는 놀이일 것이다.

노트 낙서로 자작 미로를 만들고 놀았던 어린 시절이나, 유원지에서 미로 탈출 게임은 어른도 친숙한 놀이 기구일 것이다.

"다만 엄청나게 커. 미궁^{라비린스}이라고 표현하는 편이 나을지도 모르겠네. 다이브한 사도는 신안 렌즈를 들고 있으니 처음엔 진행 상황을 파악했었고, 도중까지 몇 시간은 세계적으로 생방송되기도 했어."

파악하고 있었다.

과거형으로 말한 것을 보면 지금은 불가능하다는 뜻이기도 하다.

"함정과 몬스터가, 말이지……."

미란다 사무장이 한숨을 쉰다.

"미궁의 안에 극악한 함정이 설치되어 있어. 그 함정에 걸렸을 때 렌즈가 파괴된 모양이야."

"……어라? 하지만 사무장님, 함정에 걸린 사도는 패배하는 거죠?"

"응."

"패배하면 현실 세계로 돌아오잖아요, 보통은."

"게임 시스템이 흉악해."

사무장이 책상 위로 굴린 작은 촬영기.

예비 신안 렌즈다.

"이건 렌즈에서 얻은 단편적인 정보인데, 아무래도 이

게임은 **몇 번이고 재도전할 수 있는 모양이야.**"

"……네?"

"함정이나 몬스터, 라비린스에서 몇 번 죽어도 상관없어. 그때마다 초기 스타트 지점에서 리스폰하는 거지."

"응? 사무장님, 잠시만."

이야기에 집중하던 넬이 표정을 찡그렸다.

"그 시스템, 인간에게 승리 확정인 시스템이 아닌가? 함정에 걸리든 몬스터에게 패배하든 다시 시작할 수 있으니 말이다. 언젠가는 반드시 미궁을 탈출할 수 있지 않은가."

"맞아, 넬 군. 낙관적으로 보면 그렇지만……."

미란다 사무장이 쓴웃음을 지었다.

"이 리스폰은 권리가 아니라 의무야."

다시 말해.

초고난도 게임을 클리어할 때까지 현실로 도망칠 수 없다.

"생각해봐. 이 미궁은 **무한으로 다시 시작하는 것을 전제로 만들어진 난이도야.** 처음 몇 번은 즐거울지도 모르지만 같은 게임을 스무 번, 서른 번 넘게 반복하면 서서히 질리겠지. 더 계속하면 질리는 게 고통으로 바뀌고, 고통은 공포가 돼."

몇 백 번 반복해도 골인할 수 없다.

그러는 사이에도 인간 세계에서는 시간이 흐른다.

엘리먼츠에서 보내는 동안 인간 세계에서는 몇 주, 몇 개월이라는 시간이 흐르게 된다. 그대로 신의 라비린스에 평생 갇힌다면…….

"엄청 위험한 거 아닌가요?!"

"그러니까 엄청 위험하다고 말했잖아."

두 번째 비명을 지르는 펄.

그에 답하는 미란다 사무장도 이번만큼은 씁쓸한 말투였다.

"요약하자면 굉장히 어려운 미로 게임에서 아직 아무도 탈출한 사람이 없어. 지금 전 세계에서 급하게 다이브를 멈췄어. 이 이상 귀환할 수 없는 사람을 늘릴 수는 없으니까. 그와 동시에…….."

"구출팀을 검토 중이라는 건가?"

"넬 군, 정답. 그보다 내 앞으로 온 메일에도 그렇게 적혀 있었지?"

엿봤던 걸 들킨 모양이다.

다행히 사무장도 그걸 신경 쓰는 것 같지는 않다.

"참고로 구출의 목적은 두 가지."

① 이 게임을 클리어할 것. (공략법 해명)

② 미궁 안에 있는 세이브 아이템을 발견할 것. (진행 상

황을 세이브하고 현실로 귀환)

"①은 물론이고 ②의 세이브 아이템은 미궁에 있던 미이프가 한 말이니까 사실일 거야. 하지만 아직 발견한 사람은 아무도 없는 모양이야."

"저기! 내가……."

"안 돼요."

"어째서?!"

빠른 거절.

레셰가 말을 끝내기도 전에 즉답했다.

"난 아직 아무 말도 안 했는데!"

"이 게임에 다이브하고 싶다고 말할 생각이셨죠?"

미란다 사무장이 재차 한숨을 쉬었다.

"아까는 장난삼아 펄에게 그렇게 말했지만, 이건 세계 규모로 벌어지는 문제예요. 총괄이 움직일 정도의 안건이에요."

"총괄?"

"신비법원 본부요."

미란다 사무장이 모니터를 보여주었다.

방금 도착한 메일을 보낸 이는 『신비법원 본부 통괄부국』.

"본부가 구조팀을 결성하기로 했어요. 각 지부에서도 인원을 보낼 예정이지만 대규모의 구조팀을 파견하고서 만약 그 팀까지 귀환할 수 없게 된다면…….”

전 세계에서 비난이 쏟아질 것이다.

귀환할 수 없는 사람을 대량으로 만든 실수는 신비법원이라는 조직의 근본부터 뒤흔들릴 수도 있다.

“구조 멤버는 본부의 심사를 거쳐 결정돼요. 지부는 그때까지 대기해야죠. 본부가 허락하지 않는 한 설령 레셰 님이라 해도 참가할 수 없어요.”

“추천이 오면 되는 거지?!”

“네. 하지만 본부도 엄격하면서도 공정하게 심사한다고 말했으니…….”

띠링.

페이의 통신기에 메시지가 도착한 것은 바로 그때였다.

메시지를 보낸 곳은 『신비법원 본부 통괄부국』.

“왔어요, 사무장님. 요청이.”

“잠까아아아아아아아아안?!”

“신난다!”

“……으아아.”

“그렇군. 바라던 바다!”

머리를 싸쥐는 미란다 사무장.

손뼉을 치며 기뻐하는 레셰.

싫다는 듯이 얼굴을 찡그리는 펄.

흥분을 감추려 하지 않고 마음을 다잡는 넬.

그런 네 사람의 반응을 둘러본 페이는 통신기의 메시지를 읽었다.

"어디…… 흠, 추천받은 사람은 내일 바로 긴급 화상 회의로 집합인가. 어떤 사람들이 모일지 기대되는군."

2

현실 귀환 불가능의 게임.

다이브 금지령.

본부의 결정으로 세계 각지의 신비법원은 전대미문의 상황에 빠졌다.

귀환 불가능자, 209명.

게임 경과 시간은 70시간 초과. 다시 말해 사건 발생 이후 3일이 되어간다.

"페이 군, 일단 묻겠는데 하룻밤 지나도 마음이 바뀌지 않았어? 정말로 참가할 거니?"

"물론이죠."

뚜벅.

페이는 딱딱한 발소리를 울리며 함께 걷는 미란다 사무장에게 고개를 끄덕였다.

"평소에는 게임에 참가하고서 생각하는 걸 좋아하지만

이번엔 사태가 사태인 만큼 저도 미리 준비해왔어요."

"준비라니?"

"물론 공략 준비죠. 벼락치기지만 **예상과 대책을 몇 가지 짜왔어요.**"

회의실.

페이의 앞에는 서른 명 이상이 앉을 수 있는 커다란 테이블이 마련되어 있었다.

그러나 앉아 있는 사람은 없었다.

마련된 것은 화상 회의용 모니터뿐.

"회의까지 앞으로 18분. 아직 시간이 있지만 지금 회의에 참가할래?"

"부탁드려요."

회의 참가자, 다시 말해 본부가 뽑은 구조팀이 될 사람들이다.

그 인물들을 1분이라도 빨리 보고 싶고 특징도 파악해두고 싶다.

칙.

모니터에 열여덟 개로 갈라진 회의 화면이 비쳤다.

전 세계, 열일곱 개의 지부와 본부를 합쳐 열여덟 개의 신비법원. 지금 그 분할 화면에 얼굴과 이름이 비친 것은 페이를 포함한 아홉 명의 사도.

……나를 포함해 아홉 개의 지부가 이미 모였어.

"자신들까지 귀환할 수 없게 될까 봐요?"

『그래. 어젯밤에 그 리스크를 듣고서 엄청 고민했어. 덕분에 밤늦게 잠들었다니까.』

"결국은 잤으면서."

『푹 자지 못했어. 어쨌든 듬직한 동료가 있어서 다행이야. 그리고…….』

카밀라가 머뭇했다.

주위는 무언.

화상 회의에 모이고 있는 열 명 이상의 인물들 중에 말하는 사람은 페이와 카밀라뿐. 카밀라도 아는 상대를 발견해 안도했으리라.

……다른 도시와 교류가 없는 건 아니지만.

……나와 카밀라처럼 최근에 같이 게임한 사이는 역시 드물겠지.

중요한 것은 누군가가 물꼬를 트는 것.

어쩔 수 없지.

폐쇄된 분위기 속에서 화면을 향해 페이가 얼굴을 가까이 했다.

"저기, 처음 뵙겠습니다. 저는 루인 지부의 페이입니다. 귀환이 곤란해진 사람이 발생한 게임에 구조 요청을 받아 참가했습니다. 잘 부탁합니다."

『페이 테오 필스 군이지?』

음울한 분위기를 날려버릴 듯이 밝은 목소리.

그렇게 말한 사람은 어른스러운 금발의 청년이었다.

『작년 최고의 루키. 신들의 놀이에서 무패의 6승은 압권이야. 아까 있던 다크스와의 싸움도 관전했었어. 최고로 화려한 쇼였다.』

"……고마워요."

『나는 에즈레이즈. 해양도시 피셔 라의 대표다. 이거 미안하군. 어떻게 말을 해야 하나 고민했었다. 나는 내성적인 성격이라서 말이지.』

그렇게는 안 보인다.

한마디로 설명하자면 연예인 같은 분위기다. 밝고 맑은 목소리와 용모에 온화한 미소가 모니터 너머로도 전해진다.

『그리고 내 옆 모니터가…….』

『안녕. 동아도시 포르 아의 나유타야.』

밝고 가볍게 손을 든 사람은 어두운 붉은 머리 여성.

기모노라고 불리는 이국적인 양식으로 개량한 의례복을 입은 그녀가 장난스럽게 한쪽 눈을 찡긋했다.

『나도 네 게임은 전부 체크하고 있어. 그 **세계 3대 불가능** 중 하나인 무한신 우로보로스를 격파한 솜씨, 이번에도 기대해도 될까?』

"……열심히 할게요."

『강벽도시 카신의 라니오스다. 잘 부탁하지.』

위엄 있는 표정으로 입을 다물고 있던 덩치 큰 남자가 움직였다.

그 침묵하던 분위기에서는 상상할 수 없을 정도로 부드러운 말투로.

『원래는 WGT, 혹은 WGG에서나 만날 수 있는 사람들이겠지만…… 게임이란 한 번뿐인 만남. 이런 전대미문의 대사건을 함께 공략할 지식을 나누고 싶군.』

"안녕하세요. 저도 동의해요."

페이는 고개를 끄덕이며 내심 가슴을 쓸어내렸다.

대화가 통한다.

목적은 게임 공략이 아닌 현실로 귀환할 수 있는 방법을 찾는 것.

스스로 귀환이 곤란한 부담을 지는 국면. 모두가 아끼지 않고 지혜와 기술과 아이디어를 공유하는 중요성을 모두가 자연스레 이해하고 있다.

……고집을 부리거나 떼를 쓰는 녀석이 한 명도 없어.

……역시 본부에 선택받은 구조팀 후보들이네. 생각이 유연해.

천천히 회의가 열기를 띠기 시작했다.

스무 명 가까운 사람들이 순서대로 이름과 소속을 공유하고서.

『후후, 드디어 차례가 왔네.』

안경을 올린 카밀라가 힘차게 일어났다.

『인사는 처음이네! 성천도시의 대표 카밀라야. 아무쪼록 내 이름을 기억…….』

『정숙히.』

『어째서?! ……앗!』

무심코 그렇게 되받아치려던 카밀라가 다급히 자신의 입을 다물었다.

신비법원 본부.

금색 자수가 새겨진 의례복을 입은 남자가 카메라 영상에 모습을 드러냈기 때문이다.

『한창 즐거울 때 미안하지만 정각이다.』

침착한 말투로 말을 이은 것은 20대 초반인 남성.

짧게 자른 갈색 머리카락에 영리하고 날카로운 눈빛, 일류 스포츠 선수와 같은 듬직함도 갖추고 있었다.

지적인 게임 플레이가 특기. 첫눈에 그렇게 느낄 수 있는 행동이었다. 실제로 본부의 일원이니 게임 실력도 상당할 것이다.

다만.

그 옷은 검은 의례복이 아니었다.

"금색 자수는 신비법원 본부만의 특권이에요."

"검은 의례복은 이른바 그 지부의 최우수 팀."

금색 자수는 본부팀 전원에 해당한다.

그런 본부에서 가장 우수한 팀은 예를 들어 마르=라의 필두인 다크스가 입은 것처럼 검은 바탕의 의례복이 부여될 것이다.

그러나 이 남자의 옷은 흰색 바탕.

본부 소속이라 해도 최우수 팀의 일원이 아니라는 뜻이다. 다시 말해.

"페이. 내 팀에 와라."

"나는 전 세계에서 유력한 루키를 모으고 있지. 본부가 자랑하는 최강 팀『마인드 오버 마터』를 뛰어넘기 위해."

세계 최강팀『모든 혼이 모이는 성좌^{마인드 오버 마터}』.

그 다크스가 타도를 결심할 정도의 팀이다. 페이도 조금은 흥미가 있었기에 이번 회의에 나타나리라 기대했었지만.

……참전하지 않는 건가?

……전대미문의 사건이니 당연히 최강팀이 올 줄 알았는데.

작은 위화감.

그것을 페이가 말할지 망설인 몇 초 사이에.

『나는 키르히엣지. 이번 일로 본부에서 요청을 받았다. 우선 이 회의에서 사회 진행과 설명 담당을 맡았다. 그렇기는 하지만…….』

그가 들어 보인 것은 얇은 종이 한 장.

『읽을 건 이 한 장의 정보밖에 없지. 이번 게임에 관해서다.』

VS 『???(신)』.

미궁 탈출 게임

【승리 조건】미궁의 가장 깊은 곳에 존재하는 라스트 보스
　　　　를 격파. (미이프의 설명)

【패배 조건】없음. (그렇게 추측됨)

【보충 규칙】리스폰으로 무한 리트라이가 되기에 패배 조건
　　　　없음. (그렇게 추측됨)

【보충 규칙】현실 귀환의 세이브 아이템 있음.
　　　　　　(미이프의 설명)

패배 조건이 없다.

이것이 가장 흉악한 특징이다.

리스폰 탓에 패배할 수 없게 된 결과 인간 세계로 돌아
올 수 없다.

『총 209명의 동료가 게임에 갇혔다. 신안 렌즈의 영상은
끊겼지만 게임 시스템으로 볼 때 모두 무사하겠지. 무사하
다는 것은 게임을 계속하고 있다는 의미일 뿐이지만.』

본부의 키르히엣지가 손가락 두 개를 들었다.

『우리의 목적은 귀환 곤란자와 함께 게임 공략 혹은 탈출. 둘 중 어느 하나를 달성할 것. 현실적으로는 탈출이겠지. 세이브 아이템의 습득이 라스트 보스 격파보다는 먼저일 테니까.』

『그건 모르는 일이야. 세이브 아이템의 습득 개수가 한정되어 있을 수도 있고.』

책상에 턱을 괸 동아도시의 나유타가 공중을 올려다보았다.

『귀환 곤란자는 209명. 하지만 세이브 아이템을 99개밖에 얻을 수 없을 때 누가 귀환할지로 싸울 수도 있잖아? 절반 이상이 희생될 텐데?』

『그러기 위해 우리가 있다.』

키르히엣지가 손에 든 종이를 뒤집었다.

아무것도 인쇄되지 않은 백지.

『세이브 아이템의 분배도 그렇다. 누구를 귀환시키고 누구를 남길지는 우리가 정한다. 경우에 따라서는 더 잔혹한 선택이 필요하겠지만 그 판단은 구조부대의 리더, 여기에 모인 열여덟 명이 결정한다.』

『……임기응변이라.』

근육질의 커다란 남자가 나직이 입을 열었다.

『그렇게 말하면 듣기엔 좋지만 모든 판단의 책임이 우리의 어깨에 달렸다는 거로군.』

『그렇다.』

눈썹 하나 움직이지 않고 키르히엣지가 긍정.

『확실히 말하지. 이건 타산이 맞지 않는 이야기다. 얼마되지 않는 보수에 두 번 다시 인간 세계로 돌아올 수 없는 리스크. 그리고 게임 내의 모든 책임을 짊어져야 한다는 리스크까지 짊어진다.』

『…….』

『남은 건 성공의 영광 정도지만 이제 와서 자네들이 그런 것에…….』

『있어, 리더.』

억누른 목소리.

키르히엣지의 목소리를 가로막은 목소리는 마르 라를 대표하는 카밀라의 것이었다.

『귀환 곤란자는 209명. **그중 세 명은 내 친구야.**』

『음.』

『친구를 위해 갈 거야. 명예라든가 보수로는 가늠할 수 없는 게 있어. 그렇지 않으면 나도 이런 말도 안 되는 게임에 도전할 리가 없지.』

『아, 그건 나도 동감.』

짝짝짝, 박수 소리.

금발 청년 에즈레이즈가 웃으며 멋쩍음을 감추려는 듯이 말을 이었다.

『귀환 곤란자 중에 귀여운 후배가 있거든. 나는 겁이 많아서 그런 이유라도 없으면 움직이지 않았을 거야. 참고로…….』

청년의 눈빛이 이쪽으로.

『페이 군은? 네가 구조팀에 참가한 계기는?』

"그게, 저는 뭐……."

잠시 생각에 잠긴다.

귀환 곤란자가 있다는 사실에 위기감을 느낀 것도 거짓말이 아니다. 그와 동시에 일개 플레이어로서 탈출 불가능인 미궁 게임에 도전하고 싶다는 의욕도 있었다.

그러나 굳이 다른 사람들에게 말하자면.

"조금 신경 쓰여서요."

『……? 뭐가?』

"**신의 의도가** 여태까지의 게임과 결이 달라서요."

『무한 리스폰 말이야?』

"하나 더, 세계 규모로 벌어진 강제 집합 쪽이요."

페이가 느낀 위화감의 원인이다.

무한 리스폰은 게임 시스템으로서 설명할 수 있다.

그러나 세계 각지의 사도가 단 하나의 게임에 빨려 들어간 현상은 과거에도 들어본 적이 없다.

……레셰도 거기에 의문을 품었지.

……무한 리스폰이 아니야. 진짜로 해명해야 할 것은 강

제 소집 쪽이야.

그래서 다이브한다.

"저는 신의 진의를 확인하고 싶어요. 그렇잖아요? 그 이유를 알아두지 않으면 **그 신이 몇 번이든 똑같은 강제 집합 게임을 만들어낼 가능성이 있으니까.**"

『……!』

화상 회의에 모인 사람들이 동요했다.

그렇다.

이 미궁에서 탈출했다 하더라도 일시적인 요법에 불과하다. 진정한 해결을 위해 게임을 만들어낸 신과 마주해야만 한다.

『그렇다면 페이 군. 자네는 처음부터 이 미궁 게임의 탈출이 아니라 공략이 목적인가?』

"아니, 전혀요. 어디까지나 희망 사항이죠."

에즈레이즈의 질문에 간단히 손을 저어 보였다.

"저도 세이브 아이템 발견이 첫 번째 목표이고 귀환 곤란자들을 구하기 위해 전력을 다할 겁니다."

『총명하군.』

본부 대표 키르히엣지가 살짝 끄덕였다.

『정말 모범적인 우선순위다. 우리의 이상은 게임 공략. 그러나 거기에 고집하지 않고 우선 귀환 곤란자들의 구출을 최우선으로 삼았으면 한다.』

그리고 한쪽 손을 들고서.

『내가 할 말은 이상이다. 구체적인 다이브 스케줄은 추후에 본부 통괄부국에서 연락이 갈 거다. 그 이외에 질문이 있다면 받지.』

몇 명이 드문드문 손을 들었다.

약 한 시간 뒤.

질문과 대답이 오간 뒤 화상 회의가 끝났다.

한 명, 다시 한 명이 화면에서 사라졌다. 마지막으로 남은 것은 페이, 그리고 마르 라 대표인 카밀라였다.

『……구조팀은 전부 넷으로 나누는 모양이네. 열두 시간의 간격을 두고 순차적으로 다이브 개시. 어떤 순서에 다이브할지는 우리가 마음대로 정해도 된다는데, 너는?』

"돌아가서 동료들과 상담해보려고요."

말은 그렇지만.

동료 중에 레셰가 있는 이상 대답은 정해져 있을 것이다.

"카밀라 씨는요?"

『우리는 제1진이야. 아까도 말했지? 친구가 갇혔다고. 구출은 빠를수록 좋잖아. ……그러니까 페이.』

얇은 안경 렌즈 너머로.

갈색 머리의 사도가 호소하듯이 바라보았다.

『진짜로 기대할게.』

다음 날 아침.

신비법원 루인 지부, 지하의 다이브 센터에서.

페이 일행은 거신상 앞에 모였다.

"그렇게 됐으니 우리도 제일 빠른 제1진이야. 두 사람, 컨디션은 어때? 잘 잤어?"

"잘 수 있을 리가 없잖아요오오오오!"

"······어젯밤에 연락을 받았을 땐 나도 사뭇 동요했다."

눈이 새빨갛게 충혈된 펄과 쓴웃음을 지은 넬.

그런 두 사람의 뒤에서 눈을 반짝이는 레셰가 더는 기다릴 수 없다는 듯이 거신상을 올려다보고 있었다.

"얼마나 넓은 미로일지 기대돼!"

"조심하세요, 레셰 님."

엘리베이터에서 내려온 미란다 사무장.

눈 주위가 휑한 것은 어젯밤에 거의 잠들지 않고 다른 도시와 연락했기 때문이리라.

"지금 전 세계의 어느 거신상에서 다이브해도 문제의 거대 미로에 연결돼요. 아직 전체 구조가 해명되지 않은 위험한 게임이에요."

"그걸 밝히는 게 재밌잖아!"

"······그렇게 말씀하실 줄 알았어요."

미란다 사무장이 어깨를 늘어뜨렸다.

"페이 군, 레셰 님에게 제대로 설명했니?"

"물론이죠. 이번엔 게임 공략이 아니라 귀환 곤란자의 구출이 우선이라는 것. 미로의 초기 시작 지점은 랜덤이며 우선 미로 안에서 다른 구조팀과 합류하면 좋겠다는 이야기까지 빠짐없이."

"그럼 됐어."

미란다 사무장의 손에는 잠을 깨기 위한 캔 커피가 있었다. 그것을 단번에 들이켜고서.

"좋아. 그럼 다녀오렴. 꼭 돌아와야 해?"

"저는 평소처럼 게임에 최선을 다할 뿐이에요."

캔 커피를 쥔 손을 흔드는 사무장에게.

페이는 태연하게 대답했다.

"신과의 게임 대결을 말이죠."

거신상으로.

전대미문의 게임을 향해 뛰어들었다.

신들의 놀이터 『신의 미궁 루셰이메어』
^{엘리먼츠}

VS 『????』 ????신

게임, 개시.

페이, 레셰, 넬, 펄.

네 소년 소녀들이 용의 모습을 한 거신상으로 뛰어들었다. 그 모습을 부하들과 함께 지켜보고서.

"……후우."

사무장 미란다는 벌써 두 번째 캔 커피를 입으로 가져갔다.

"쓰네."

"그래서 당분이 든 커피로 하겠냐고 물었잖아요."

"커피 말고."

부하에게 쓴웃음을 짓는다.

이 사건 이야기다. 구조팀을 결성한다는 본부의 의향은 미란다도 반대하지 않으며 인선에도 전혀 불만이 없다.

"지나치게 쟁쟁한 인물들이라니까. 페이 군의 팀까지 귀환할 수 없게 되면 인류의 커다란 손실이야."

그렇기에 씁쓸하다.

귀환 곤란자의 구출을 바라는 한편, 구조팀까지 희생될 가능성을 각오해야 하는 딜레마.

"……뭐, 지금은 무사를 기도해야지."

빈 캔 둘을 한꺼번에 쓰레기통에 던졌다.

이 게임은 장기전이 될 것이다.

집무실로 돌아와 일을 계속하자. 미란다 사무장이 몸을

돌린 바로 그 순간.

쿵!

머리 위. 다시 말해 지상이 크게 흔들렸다.

"무, 무슨 일이야?!"

지하실이 크게 흔들렸다.

너무나 세차게 흔들려 부하 몇 명인가가 비틀거리며 바닥에 무릎을 꿇을 정도였다.

"지진일까요?!"

"……그런 것치고는 너무 짧지 않아?"

순식간에 스쳐 지나간 커다란 충격.

마치 렉스가 신비법원의 빌딩에 부딪힌 것 같은, 그런 찰나의 흔들림이었다. 그때 엘리베이터에서 부하가 나타났다.

"사무장님, 보고드립니다!"

"방금 울림 말이지? 원인은?"

"……은발 여자아이입니다."

"뭐?"

"정체불명의 소녀가 하늘에서 내려왔습니다. 게다가 엄청 귀여운 아이가."

그런 부하의 보고에.

미란다는 한동안 팔짱을 끼고 허공을 바라보았다.

"……여자아이가 하늘에서 내려오기도 하나?"

15분 전, 신비법원 루인 지부.

많은 사도와 사무원이 오가는 부지를 당당히 나아가는 소녀가 있었다.

풍부한 분홍색 머리카락을 나부끼며.

"······레셰 언니, 펄 언니, 넬 언니."

아니타 맨해튼.

며칠 전 페이의 동료에게 말을 걸어 팀 『여제전선』에 들어오라고 권유하던 소녀다. 한 마디의 실수로 그들의 분노를 사 부지의 덤불 위로 떨어지는 추태를 범했지만.

"저는 인정할 수 없어요! 공략하기 어려운 언니들을 공략해내야만 우리 팀의 매력이 한층 더 빛나는 법이에요!"

아니타는 포기는커녕 오히려 의욕을 불태웠다.

매력적인 「언니」일수록 공략하기 어려워지는 것은 당연. 그것을 해내야만 자신의 실력이 증명된다.

참고로 아니타의 어라이즈는 초인형 『몸도 마음도 강철로』.

온몸을 강철처럼 단단하게 만드는 능력이다. 코끼리에게 짓밟혀 땅에 박히더라도 경상으로 그칠 정도로 튼튼하다. 덤불 위로 떨어진 것 정도는 아무렇지도 않다.

그런 아니타의 머리 위를 향해.

엄청난 속도로 날아드는 **무언가**가 떨어졌다.

엄청난 충격.

미사일이 떨어진 듯한 폭풍과 굉음이 주위를 걷던 사람들을 날려버렸다.

"꺅?!"

"으악?! 뭐, 뭐야?!"

비명을 지르는 사람들.

무슨 일이 일어났는지 확인하려 해도 뭉게뭉게 피어오른 흙먼지 때문에 아무것도 보이지 않았다.

"무, 무슨 일이야?!"

소동을 들은 사람들도 달려왔다.

모두가 숨죽여 지켜보는 가운데…… 먼지가 바람에 날려 사라진 그곳에는 지면에 거대한 크레이터가 만들어져 있었다.

뭔가 떨어졌나? 미사일? 운석?

그런 것이 아니라면 도저히 벌어질 수 없는 폭발이었다.

"……윽. 뭐…… 뭔가요, 방금 그건. 콜록…… 먼지가 입에…… 어휴. 제 어라이즈가 없었더라면 엄청난 사고였을 거라고요…….."

크레이터의 가장 깊은 곳에서 아니타가 비틀거리며 몸을 일으켰다.

온몸이 흙투성이.

간신히 『아이언 하트』로 견뎠지만 옷은 엉망이 됐다. 자주 가는 미용실에서 세 시간에 걸려 손을 본 머리카락도 헝클어졌다.

"대, 대체 누구 짓인가요?! 나오세요!"

그때.

아니타의 뒤에서 사랑스러운 목소리가 들렸다.

"어라?"

"좌표가 살짝 틀렸나?"

크레이터의 중심.

소동을 듣고 온 사람들의 시선이 일제히 모여들고 모두가 숨을 죽였다.

거기에는 신성한 미소녀가 서 있었다.

"실수했나? 그런 건가?"

사랑스럽게 고개를 갸웃하는 소녀.

투명한 은발에 루비처럼 반짝이는 커다란 눈동자.

보는 이를 모조리 매료하는 사랑스러운 얼굴과 어딘가 환상적인 자태. 거기에 존재하는 것만으로 지상의 모든 예술품조차 빛을 바랄 정도의 신성함.

그럼에도 불구하고.

어째서인지 의상은 한마디로 꼴사나웠다.

우선 가슴팍에 커다랗게「무패」라는 두 글자가 적힌 화려한 티셔츠. 거기에 헐렁헐렁한 점퍼, 목에는 초커를 찬 최고로 어울리지 않는 안타까운 패션이었다.

절세의 미소녀이건만 그것이 묻힐 정도로 부끄러운 옷이었다.

"인간아. 어디냐. 내가 왔다."

은발 미소녀가 살며시 뛰었다.

크레이터의 가장 아래에서 몇십 명의 군중이 지켜보는 노면까지 가볍게 착지.

"으앗?!"

"뭐, 뭐지…… 초인형 사도인가?!"

"하지만 저런 은발의 아이가 우리 지부에 있었나?! 다시 보니 옷도 이상하고……."

주위가 술렁인다.

그러나 은발 소녀는 그 술렁임을 신경 쓰지 않았다. 아니, 안중에 없다는 듯이 주위를 두리번거렸다.

"야, 인간아. 어디야? 숨바꼭질이야?"

덤불을 뒤적이고, 맨홀 뚜껑을 열고, 나무 뒤로 돌아들고, 거기에 쓰레기통 안까지 들여다보았다.

"어라? 분명 이 근처의 좌표였는데?"

누군가를 찾고 있다.

그런 모습을 가만히 지켜보던 아니타.

"······앗?! 내, 내 정신 좀 봐!"

이제야 정신을 차렸다.

어마어마한 귀여움에 마음을 빼앗겨 숨 쉬는 것조차 잊고서 은발 소녀를 바라보았다.

"연애 마스터인 제가 이런 실수를?!"

소녀를 따라 크레이터를 오른다.

그녀는 대체 누구인가.

햇살에 비치는 은발이라니, 어쩜 이렇게 환상적일까. 그 옆모습은 순수하고 천진난만해서 자신도 모르게 한숨이 새어 나올 정도로 귀엽다.

"······찾았어요! 드디어 찾아냈어요!"

『엠프레스』에 어울리는 마지막 한 조각을.

용신 레오레셰, 그리고 그녀가 있으면 자신의 팀은 그야말로 천하무적.

"인간아. 어디냐? 내가 왔다."

"언니, 잠시 기다리시어요!"

전속력으로 앞으로 돌아들었다.

아니타가 앞을 가로막자 은발 소녀가 멈췄다.

"······?"

"언니! 부디 제 팀으로 들어오세요!"

외모로 추측할 수 있는 연령은 비슷한 정도, 혹은 아니타가 연상일지도 모르지만 그런 건 아무런 문제가 안 된다. 존경스러운 소녀는 모두 「언니」이니까.

"아니타 맨해튼이라고 해요. 부디 「아니땅」이라고 불러 주세요!"

"인간."

은발 소녀가 고개를 갸웃하며.

"인간이가 어디에 있는지 알아?"

"인간이? 그게 누군가요?"

"그럼 됐어."

"기, 기다리세요!"

은발 소녀의 손을 잡고 반쯤 강제로 막아 세웠다.

"사람을 찾는 중이신 모양이지만 때로는 잠시 쉬는 것도 중요하답니다. 어떠신가요, 언니. 제 방에서 최고급 홍차를 함께 하지 않으실래요?"

루비색 눈동자를 가만히 바라본다.

숨 쉬는 것조차 잊고서 들여다볼 듯한, 이 세상의 존재라고는 생각할 수 없을 정도로 반짝이는 깊은 붉은색 눈동자. 이렇게나 환상적인 소녀가 이 세상에 존재하다니.

"아, 정말 최고예요!"

얼굴을 들이밀었다.

"밤하늘을 수놓는 은하수처럼 찰랑찰랑한 은발, 큐피드조차 도망칠 순수하고 천진난만한 얼굴. 무심코 손가락으로 찔러볼 것만 같은 부드러운 **뺨**! 아, 정말이지 1조 점! 아니요, 7천억조 점을 드리겠어요!"

"……?"

"하지만…… 하지만 너무나도 안타까워요!"

아니타가 어금니를 깨물었다.

그 눈빛이 향한 곳은 은발 소녀가 입은 옷.

"이게 어떻게 된 일인가요, 그 촌스러운 티셔츠!"

안타깝다. 안타깝기 그지없다.

신들의 예술품이라 할 수 있는 귀여움이 있는데도 이 복장만큼은 이해할 수 없다. 특히 이 「무패」라고 크게 적힌 티셔츠다.

"이 티셔츠는 뭔가요, 너무 촌스럽잖아요!"

"나, 무패니까."

"……? 잘 모르겠지만…… 어쨌든! 이 헐렁헐렁한 점퍼도 그렇고 초커도 그렇고, 너무 화려해요! 언니라는 극상의 소재를 살리려면 복장은 극히 소박하게 갖춰야 해요. 이런 이상한 티셔츠는 안 어울려요!"

"……."

은발 소녀의 눈썹이 움찔거렸다.

"내 옷이 촌스러워?"

"그렇고말고요! 이래선 너무 아까워요!"

"……인간."

귀여운 소녀의 눈이 서늘한 빛을 냈다.

"내 신적 센스를 집약한 티셔츠가 촌스럽다고?"

"네! 하지만 맡겨주세요. 이 아니땅이 언니를 위해 특별 주문한……."

"비켜."

정수리에 한방.

쿵!

마치 전차에 밟힌 듯한 중압감과 기세로 아니타는 지면 깊숙이 박혔다.

"……."

"야, 인간아, 이 안에 있어?"

엎어진 채 쓰러진 아니타를 뛰어넘은 은발의 소녀는 신비법원의 문을 향해 걸어갔다.

━━━━━━

그리고 지금.

"뭐?! 아니땅이 지면에 박혀 병원에 실려 갔어?!"

신비법원 빌딩 지하에서.

시무장 미란다는 부하의 보고를 듣고 언성이 높아졌다.

"애초에 인간이 지면에 박힐 수는 있는 거야?"

"하, 하지만 하늘에서 떨어진 소녀가 춥으로 때렸다는

목격담이."

"뭐, 됐어. 아니땅의 어라이즈라면 경상일 테니까."

<ruby>아니땅<rt>아니타</rt></ruby>

부상자를 걱정하는 것은 나중이다.

하늘에서 내려왔다는 은발 소녀가 더 신경 쓰인다.

"그래서 하늘에서 내려왔다는 아이는 지금 어디에 있어?"

"그게⋯⋯."

쿵!

두 번째 충격은 다이브 센터의 뒤의 엘리베이터에서. 미란다와 부하가 돌아보자 으지직 소리를 내며 금속으로 된 문이 벌어지며 가녀린 소녀의 손이 나오고 있었다.

"무서워라!"

"야, 인간아! 여기 있어?"

열린 사이로 정말이지 사랑스러운 은발 소녀가 폴짝 뛰어나왔다.

"저기, 인간. 인간이 몰라?"

"⋯⋯네?"

은발 소녀의 질문에 미란다는 생각이 잠시 정지했다.

인간? 인간이?

처음의 인간은 자신을 부르는 것이리라. 그런데, 두 번째 인간이라는 건?

"나는 인간이와 다시 놀기 위해 왔는데."

"그렇게 물어도⋯⋯."

은발 소녀를 가만히 관찰한다.

하늘에서 내려왔다는 미소녀가 확실할 것이다. 엘리베이터의 문을 두 손으로 비집어 여는 강렬한 등장으로 놀랐지만 아무래도 적의는 없는 듯하다.

사랑스러운 얼굴에 오히려 친숙함마저 느껴진다.

"저기. 그런데 넌 누구니?"

"나는 무패다."

"……응?"

"무패다!"

은발 소녀가 자신만만하게 가슴을 폈다.

티셔츠에 적힌 「무패」라는 두 글자를 보여주고 싶은 것이겠지만 안타깝게도 미란다 쪽은 그것이 무엇을 의미하는지 알 수 없었다.

"응? 점퍼 뒤에도 「신」이라고 적혀 있네. 상당히 개성적인 의상이구나. ……어라?"

무패, 신. 다시 말해 무패의 신.

그런 문구를 전에도 들은 적이 있는 것 같은데.

"저번엔 방심해서 인간이한테 졌지만, **그 1패는 북메이커한테 지우게 했어.** 이걸로 나는 아직 무패야!"

"……어머? 뭔가 떠오를 것 같은데. 음……."

미란다가 생각에 잠긴 사이.

은발 소녀가 눈여겨본 것은 용의 머리 모양을 한 거신상이었다.

바로 몇 분 전에 페이 일행이 통과한 그 거신상이다.

다만 용의 입은 닫혀 있다. 이것은 거신상의 특징이다. 신이 게임 참가자를 새롭게 모집하거나 게임이 끝날 때까지는 열리지 않도록 되어 있는데.

"인간이는 여기에 있어?"

쩍.

은발 소녀가 다물어진 용의 입을 강제로 열었다.

"좋아."

『뭐어어어어어?!』

다이브 센터에 울리는 절규.

미란다와 부하들이 경악하는 목소리가 아름다울 정도로 하나가 됐다.

"자, 잠깐, 잠깐…… 잠깐만?!"

너무나 큰 충격에 말이 잘 나오지 않았다.

거신상의 문을 억지로 열었다. 다시 말해 신들의 힘으로 닫힌 영적 상위 세계의 입구를 이 은발 소녀가 무척이나 간단하게 연 것이다.

괴력이라는 말로는 부족한 신력.

완전한 신 이외에는 불가능. 과거 신이었던 레셰조차 불가능할 것이다.

"아, 여기서 인간이의 냄새가 나!"

소녀의 눈이 반짝였다.

투명한 듯한 은발에 루비와 닮은 두 눈동자.

"……어머? 이 아이는?"

미란다의 뇌리에 어떤 「신」의 모습이 떠오른 것은 바로 그때였다.

외견의 특징이 일치한다.

처음 페이의 앞에 나타났을 때는 검은 기모노를 입고 있었다. 지금의 가벼운 차림과는 전혀 다르지만 그 용모는 분명 본 적이 있다.

"무패의 신…… 은발…… 새빨간 눈…… 아, 아아아아아?!"

생각났다.

지금 막 완벽하게 떠올랐다.

"서, 설마?!"

은발 소녀를 가리킨 미란다가 힘껏 소리쳤다.

"우로보로스으으?!"

"나, 무패인데, 왜?"

그리고 소녀는 거신상으로 뛰어들었다.

인간 세계로 귀환한 사도는 제로.

전대미문인 신의 게임에 지금, 그 신조차 예상할 수 없는 치트 플레이어가 난입했다.

무한신 우로보로스, (페이를 쫓아) 참전.

Player.5   돌아갈 수 없는 미궁 루셰이메어

1

고위의 신들이 초대하는 신들의 놀이.

선택받은 인간은 사도가 되어 영적 상위 세계 엘리먼츠에 오갈 수 있게 된다.

그리고.

페이 일행이 뛰어든 곳은 극채색으로 빛나는 모니터들이 공중에 이어져 있었다.

몇 십 개의 모니터만으로 구성된 공간.

마치 전뇌 세계 같다. 거기에 페이, 레셰, 넬, 펄이 도착하니 머리 위로 빛으로 된 문자가 나타났다.

『던전 난이도를 선택해주세요.』
『① 『사랑조차 느껴짐』 ② PMD.』

"응? 난이도를 선택할 수 있는 거야?"

예상하지 못한 메시지에 페이는 잠시 떠오른 문자를 관찰했다.

던전 난이도 선택.

……뭐지? **예상과 다른데?**

……분명 무조건 극악 난이도의 던전에 던져질 줄 알았는데.

난이도를 고를 수 있다.

이것은 플레이어에게 친절한 설계다. 귀환 곤란자가 속출 중인 게임이라고는 생각할 수 없는, 게임 마스터의 배려가 있는 것은 의외이기만 했다.

다만 ①과 ②의 난이도가 판별하기 어려운 점이 걸린다.

"……보통은 「쉽다」, 「어렵다」로 표기 되잖아요오."

펄이 난처하다는 듯이 얼굴을 찡그린다.

"난이도라고 적혀 있으니 아마도 쉬움과 어려움을 선택하는 거겠죠? ① 『사랑조차 느껴짐』은 어쩐지 정이 있다고나 할까 배려가 느껴지니 쉬운 거라 치고…… ②의 PMD는 뭘까요? 페이 씨, 이해하셨어요?"

"아니, 나도 전혀…… 앗, 알았다!"

페이의 뇌리에 떠올랐다.

①이 쉬움이라면 ②는 어려움. 그렇다면 「PMD」는 이것밖에 없다.

"펄, 이 「PMD」는 「Player Must Die」의 약자야."

"……무슨 뜻인데요?"

"죽어라. 그러니까 사랑조차 느껴질 정도로 쉬운 모드와 플레이어를 죽이려 드는 엄청나게 어려운 모드의 선택이야."

"극단적인 것도 정도가 있죠!"

몸을 움츠리는 펄이 망설이지 않고 ①『사랑조차 느껴짐』을 가리켰다.

"당연히 이쪽이에요!"

"나도다."

뒤이은 넬의 선택. 두 사람이 선택한 ①의 문자가 깜박이더니 띠링 하고 귀여운 효과음이 울렸다.

……그러나, 그 옆에서 불온한 효과음이 울린다.

페이와 레셰가 ②『Player Must Die』를 고른 소리다.

"아니, 뭐 하는 건가요오오오?! 페이 씨, 레셰 씨!"

"당연히 이쪽이지."

"난이도를 고를 수 있다면 최고 난이도로 즐기는 게 플레이어의 기본이니까."

참고로 페이 일행의 몸에 변화는 없었다.

어려운 쪽도 한눈에 구분할만한 변화는 없는 모양이다.

"그렇다면 던전 쪽에 영향이 있는 건가? 몬스터가 강해진다든가."

"냉정하게 분석할 때에요오오오?! 어, 어어, 어째서?! 현실로 귀환할 수 없을지도 모르잖아요!"

"침착해, 펄."

얼굴이 빨개진 금발 소녀를 달랜다.

"이유가 있어."

"어떤 이유인데요?"

"난이도마다 엔딩이 다르게 설정됐다면 어떨까?"

"······네?"

"난이도를 고를 수 있는 게임은 난이도마다 볼 수 있는 엔딩이 다른 게 보통이잖아."

비디오 게임에서 자주 나타나는 전개다.

쉬운 모드는 일반 엔딩.

어려운 모드를 공략해야만 볼 수 있는 진 엔딩.

"작중의 주인공 시점으로 본 진 엔딩이야말로 해피엔딩에 해당하는 경우가 많아. 우리가 미궁을 공략하는 주인공이라면 행복하게 끝나는 방식이 뭘까?"

"네? 그야 물론 현실로······!"

펄의 눈이 휘둥그레졌다.

"설마?!"

"그래. 현실로 돌아갈 수 있는 엔딩이 어려운 모드에서 공략한 경우에만 설정됐을 가능성이 있어. 확률은 고작 2퍼센트 정도지만."

그러니 확인해야 한다.

동일한 팀인데도 난이도를 ①, ②로 나누어 게임에 어떤 차이가 발생하는지 파악한다.

『난이도 선택이 종료되었습니다.』

『즐거운 모험에 잘 오셨습니다. 지금부터 장대한 미궁 탐색이 시작됩니다.』

네 사람의 머리 위로 수수께끼의 「0」이라는 숫자가 떠오르더니 바로 사라졌다.

"어라? 방금의 숫자는 뭘까요?"

"바로 사라졌군. 혹시 리스폰 횟수인가?"

숫자가 떠올랐던 공중을 올려다보는 펄과 넬.

그 두 사람 앞에서 극채색으로 빛나던 모니터들이 갑자기 소멸. 문이 열린 것처럼 공간에 균열이 생기고.

그곳엔 드넓은 초원이 펼쳐져 있었다.

파릇파릇한 식물과 형형색색의 꽃.

봄바람처럼 기분 좋은 바람에 구름 한 점 없이 푸르른 하늘이 지평선까지 이어졌다.

"들판이군."

"들판이야."

"들판이네요."

"……한적하다."

초원 안을 천천히 걸었다.

귀환 곤란자 속출이라는 정보와는 너무나도 동떨어진 온화한 광경. 푸르른 대지를 걸으니 마치 소풍을 나온 듯한 기분이었다.

"아니요, 방심할 수 없어요!"

제일 앞장서던 펄이 주위를 둘러보았다.

"이건 교묘한 심리전! 한적한 초원처럼 보이지만 여기저기에 함정이 설치되었을 게 분명해요. 여러분, 부디 방심하지 마세요!"

"……혹시 나와 펄이 쉬운 쪽 난이도를 고른 것과 관계가 있을까?"

그 옆을 걷는 넬이 눈썹을 찡그리며 생각에 잠겼다.

"모두가 어려운 모드를 선택했다면 이 초원에도 변화가 있었을까…… 아직 모르겠군. 초원도 한동안 이어질 것 같으니."

눈에 들어오는 것은 오직 녹색.

완만한 내리막을 내려가는 동안 푸릇푸릇한 자란 나무들이 보였다.

"……어쩐지 저 나무 그늘에서 점심을 먹으면 엄청 즐거울 것 같네요. 샌드위치나 가져올 걸 그랬어요."

"벌써 방심하네, 펄."

"하, 하지만 레셰 씨! 정말로 평화롭잖아요!"

지평선까지 이어지는 대초원이다. 몬스터가 있으면 수백

미터 너머에서도 그 존재를 확인할 수 있지만, 그런 물체는 아직까진 보이지 않았다.

"그렇군. 갈 길이 머니 작전 회의도 겸해 잠시 쉬는 것도 괜찮겠어."

페이도 펄의 말에 일부 찬성이다.

터덜터덜 걷기만 하면 긴장감을 유지하기 어렵다.

"저 나무 그늘에서 잠시 쉬면서 상황 확인도 하고 싶으니까."

"찬성이에요!"

나무 그늘을 향해 펄이 달렸다.

파릇파릇한 잎이 무성하게 자란 나무와 탐스럽게 자란 붉은 과실이 보였다.

"와! 이 사과, 맛있어 보여요!"

"사과인가? 버찌치고는 크고…… 복숭아처럼 보이기도 하고, 음……."

"아무렴 어때요, 넬 씨!"

펄이 나무 그늘에 도착.

마침 손을 뻗으면 닿을 듯한 높이에 잘 익은 사과(?)가 열려 있었다.

"사과든 버찌든 복숭아든 이렇게 붉게 생겼으니 분명 달고 맛있을 거예요!"

펄이 힘차게 손을 뻗은 순간.

퉁.

머리 위 가지에서 새빨간 과일이 빠르게 발사됐다.

그것도 탄환과도 같은 속도로.

"위험해, 펄!"

"네…… 꺅?!"

사과를 뺨에 맞은 펄이 비명.

그 자리에서 뒤로 넘어져 움직이지 않게 되고는.

재시작.^{리스폰}

페이 일행은 초원의 초기 스타트 지점에 서 있었다.

입을 여는 사람은 아무도 없었다.

"……그렇군. **이런** 게임이었어."

침묵을 깬 것은 페이의 혼잣말이었다.

"누구 하나라도 쓰러지면 팀 전체가 리스폰인가. 이거 긴장해야겠네."

"펄, 그런 뻔한 함정에 걸리면 안 되지."

"뻔하지 않았어요!"

맞았던 뺨을 쓰다듬으며 울상이 되어 그렇게 외친 펄.

참고로 사과를 맞은 뺨은 리스폰으로 깔끔히 나았지만 본인은 방금의 사망 판정이 이해가 안 되는 모양이다.

"어째서 사과가! 제 뺨을 향해 비스듬히 날아드는 건가

요?! 중력의 법칙을 완전히 무시했다고요!"

"게임이니까."

"아무리 게임이라도 사과는 바로 아래로 떨어지는 법이라니까요!"

레셰와의 대화 끝에 한숨을 쉬는 펄.

"……하지만 이해했어요. 그 사과가 붉은 건 잘 익었기 때문이 아니라 그렇게 수많은 사람의 피를 빨아들였기 때문이었네요."

잘 익은 사과가 아니라 피에 젖은 사과.

그러나 함정의 방식을 알게 됐다.

느긋해 보이는 초원에도 함정이 설치되어 있다. 그것을 알고 있으면 대응할 수 있다.

"그럼 마음을 다잡고 가볼까."

"잠깐만요, 페이 씨. 명예 회복의 기회를 주세요. 제가 앞장설게요!"

펄이 가볍게 걸어 나갔다.

손을 크게 흔들며 초원을 가로질렀다. 그 방향은 물론 나무가 무성히 자란 쪽이다.

"정답인 길이니까 함정이 설치되어 있는 법. 이 길이 정답일 거예요!"

"펄, 괜찮은 분석인데?"

"맡겨주세요, 페이 씨! 아까는 사과 따위에 발목을 붙들렸지만 이제 무섭지 않아요!"

살인 사과(?)가 달린 나무 지역으로.

먹으면 엄청 맛있을 것처럼 달려 있지만, 한번 발사되면 총알처럼 날아드는 것은 이미 확인했다.

"펄, 조심해라. 아까와 마찬가지로 사과가 떨어진다는 보장은 없다."

"물론이에요, 넬 씨."

방심하지 않는 표정을 한 펄이 한 발자국, 또 한 발자국 나아갔다.

"……그렇군요. 아무래도 가까이 가지 않는 게 최대의 대책인 모양이에요."

거리를 둔다.

만에 하나 날아들어도 피할 수 있도록. 물론 머리 위 사과만이 아니라 주변 사과도 항상 경계한다. 이대로 마지막 나무를 지나치려던 때.

툭.

펄의 머리를 향해 새빨간 살인 사과가 날아들었다.

"그렇겐 안돼요! 핫!"

지면을 구르는 펄.

나무에서 발사된 사과가 그 십몇 센티 앞을 스치듯 지면에 깊게 박혔다.

맞았더라면 분명 사망 판정이 떨어졌으리라.

"……후우, 어리석은 자여."

땅에 떨어진 사과를 차갑게 내려다보는 펄.

"이 펄 다이아몬드에게 같은 수법은 두 번 통하지 않습니다!"

빙글 몸을 돌린다.

압도적 승자의 위엄을 그 몸에 두르고.

"그럼 가요, 여러분. 사과 따위가 우리의 전진을 막을 수 없어요."

발을 내디딘다.

펄이 한 발 내디딘 바로 그 순간.

퉁.

땅에 떨어졌던 사과가 등을 돌린 펄을 향해 미사일처럼 튕겨졌다.

"위험해, 펄!"

"네? ……크헉?!"

사과를 허리에 맞은 펄이 비명을 지른다.

그 자리에 엎어진 금발 소녀가 다시 움직이지 않게 됐고.

리스폰.

페이 일행은 초원의 초기 스타트 지점에 서 있었다.

말할 것도 없는 두 번째 재시작이다.

"……그러니까!"

펄의 얼굴이 점점 새빨개졌다.

연속으로 두 번이나 부끄러운 패배. 그리고 향할 곳이 없는 분노로.

"어째서 사과가 땅에서 공중으로 날아드는 거냐고요오?! 중력의 법칙은?! 땅에 떨어진 사과가 공중으로 떠오르면 과학자의 입장이 어떻게 되는 건가요?!"

"와, 제법이네."

반면 레셰는 감탄한 듯이 입을 열었다.

"사과는 아래로 떨어지는 법이지. 그런 상식을 뒤집고 설마 땅에 떨어진 사과가 공중을 향해 날아들 줄이야. 이건 확실한 펄의 패배네."

"어째서 사과한테 져야 하나요오오?!"

펄이 발을 동동 구르며 절규.

"아, 정말! 다음! 다음은 넬 씨가 앞장서 주세요!"

"……으, 음!"

다음은 넬이 선두가 되어 나아갔다.

결국……살인 사과가 떨어진 것은 펄이 당했던 처음의 두 곳뿐이었다.

"……이건 말도 안 돼요오. 어째서 나만……."

"토라지지 마. 펄 덕분에 함정이 있는 곳을 빠져나왔잖아."

"그건 그렇지만요오. 저로서는 페이 씨에게 멋진 모습을 보여주고 싶었다고나 할까요."

"음? 잠깐."

앞서가던 넬이 멈추라는 의미로 왼손을 들었다.

녹색 대지.

자신들이 가는 방향 너머로 커다란 구멍이 뚫려 있었다.

멀리서 봐도 직경 10미터 이상은 될법한 구멍이.

"윽. 명확하게 위험할 것 같은 분위기예요오……."

"나도 동감. 저 구멍은 딱 봐도 뭔가 튀어나올 것 같은 분위기니까."

페이 일행이 경계하는 가운데.

유일하게 당당히 구멍에 다가가는 레셰. 주홍색 머리카락을 훈풍에 나부끼며 커다란 구멍 끄트머리에 서서 아래를 들여다보았다.

"아무것도 없어."

"어? 저, 정말인가요. 레셰 씨! 아까처럼 방심하게 하고 선 갑자기 튀어나올 수도 있어요!"

"아무런 기척도 느껴지지 않는걸. 걱정하지 말고 와."

레셰가 손짓했다.

페이도 그 옆에서 구멍을 들여다봤지만 확실히 아무런 기척도 없다.

"아까 봤던 사과와 반대인가. 경계심만 주고 아무것도 없는 패턴이네."

"너무 짓궂은 거 아닌가요?!"

"……잘 만들어졌군."

전혀 무섭지 않게 생긴 살인 사과.

그런 복선을 깔아두고 무척이나 수상한 구멍은 아무런 장치도 없는 평범한 구멍. 플레이어의 정신을 잘 흔드는 방식이다.

"……그나저나 정말 커다란 구멍이네. 어두워서 바닥이 안 보일 정도인데 깊이가 수백 미터는 될 테니 뛰어내리면 즉사하려나?"

"뭘 시험하려는 건가요, 페이 씨이이이?!"

펄에게 붙들렸다.

"그렇지 않아도 함정에 빠져 두 번이나 전멸했는데 이 이상 불필요하게 리스폰할 수는 없어요!"

"뭐, 시간 낭비겠지."

"그래요! 저희는 한시라도 빨리 귀환 곤란자를 발견해야 해요. 다른 구조 팀과 합류하기로 약속했잖아요!"

물론 페이도 지금 건 가벼운 농담으로, 뛰어내릴 생각은 전혀 없었다.

그 이유는.

"그럼 빨리 성으로 가볼까."

초원 한복판에 우뚝 솟은 거대한 궁전.

이 미궁 게임의 본편인 듯한 던전이 눈앞에 있으니까.

2

궁전 내부.

페이 일행이 넓은 로비에 한 발 들어온 순간 경쾌한 팡파르가 울렸다.

『튜토리얼 종료. 수고하셨습니다.』

로비의 샹들리에.

거기에 매달린 미이프가 작은 날개를 펄럭이며 내려왔다.

『저는 주신으로부터 게임의 설명을 맡은 미이프입니다. 여러분, 이 게임의 분위기는 파악하셨나요?』

"네, 정말…… 짓궂음을, 확실히요."

벌써부터 지친 기색의 펄.

"이게 튜토리얼이라면 지금부터가 진짜 미궁이라는 건가요?"

『네. 이 문 너머가 신의 미궁인『루세이메어』입니다.』

미이프가 로비를 가리키며.

『여러분은 이미 두 번 리스폰을 경험하셨는데, 앞으로 여러분의 리스폰 지점은 이곳으로 설정됩니다. 몇 번이고 전멸해도 여기서 다시 시작해 신의 미궁에 바로 도전할 수 있게 됩니다.』

"드디어 시작인가……!"

넬이 입을 굳게 다물었다.

드디어 수많은 귀환 곤란자를 만들어낸 미궁에 도전하게 된다.

『설명을 시작할게요. 우선 이쪽을 봐주세요.』

삑.

미이프가 가리킨 공중에 설명용 문자판이 나타났다.

【신의 미궁 루세이메어】

① 목적은 가장 깊은 곳의 라스트 보스를 격파하는 것.

　　(마지막 문이 열리며 탈출 성공)

② 미궁에는 수많은 몬스터와 장치, 함정이 설치되어 있음.

　　그것들을 공략하며 진행.

③ 공략에는 미궁 안의 아이템이 유효.

④ 두 가지 이상의 아이템으로 더 상위의 아이템을 제작^{크래프트}

　　할 수 있음.

　　또한 아이템 장착은 오른손과 왼손에 하나씩.

　　(즉, 최대 두 개까지)

⑤ 게임의 기초 스테이터스는 본인 기준.

※다만 초기에 『PMD』를 선택했을 경우에는 제한이 있음.

⑥ 몇 번이고 도전할 수 있는 리스폰 시스템.

　　리스폰은 팀의 누군가가 사망 판정을 받았을 때. 리스

폰 후에는 획득한 아이템 등을 잃고, 격파한 보스와 공략한 함정이 초기화되니 주의가 필요함.

"······죽으면 처음부터 다시 시작인가요오."

『아니요!』

펄이 중얼거리는 말을 들었는지 미이프가 힘차게 고개를 저었다.

『여러분이 경험한 지식은 사라지지 않고 이어집니다! 몇 번을 전멸해도 포기하지 않고 공략하기 어려운 적에게 도전을 반복하면 공략의 실마리를 잡을 수 있을 겁니다!』

"죽는 게 전제잖아요?!"

『아, 맞다. 여러분의 머리 위에 있는 숫자도 남습니다.』

미이프가 손뼉을 치자 페이 일행의 머리 위로 난이도 선택 시에도 나타났던 수수께끼의 숫자가 떠올랐다.

『이건 「해방치」. 마니아를 위한 파고들기 요소예요. 미궁 안의 장치를 공략하는 것으로 상승합니다. 초기 수치인 0부터 최대 100까지, 여러분이 이 미궁에 품은 정열을 나타내는 수치라고 할 수 있습니다.』

"그, 그게 오르면 어떻게 되나요?!"

『자기만족입니다.』

"진짜 아무래도 좋은 수치네요?!"

『그러니까 리스폰해도 수치가 초기화되지 않아요.』

머리 위의 해방치가 다시 사라졌다.

그것을 지켜본 미이프가 천천히 이쪽을 둘러보았다.

『그럼 질문하실 것 있나요?』

"대답해주는 건가?"

그렇게 되묻는 페이에게 미이프가 손가락 두 개를 들었다.

『대답해드릴 수 있는 것은 다음 두 가지 항목입니다. ① 신의 미궁 전설에 관해, ② 플레이어 세계로 귀환하는 방법.』

"……흠, 현실로 돌아가는 방법도 알려주는 건가."

이건 미란다 사무장의 이야기와도 일치한다.

클리어를 노리는 것이 아니라 우선 엘리먼츠에서 탈출하기 위한 세이브 아이템을 발견하라고.

"①도 신경 쓰이지만 우선 ②부터 알려줘."

『귀환 방법은 두 가지예요. 하나는 라스트 보스를 격파해 미궁 탈출. 이른바 게임 클리어입니다. 하지만 도저히 앞으로 나아갈 수 없게 되거나 현실에 볼일이 있어 돌아가고 싶어질 경우도 있을 테죠. 그럴 때는.』

"세이브 아이템인가?"

『네! 그때까지 습득한 아이템이나 장치 공략 상황을 유지한 채로 플레이어의 세계로 돌아갈 수 있습니다. 리스폰도 그 아이템을 습득한 곳이 됩니다.』

더할 나위 없이 극진한 대접이다.

미이프의 설명과 세이브 아이템의 존재 등 실로 플레이

어 위주의 시점이다.

　……반대로 생각하면.

　……그만큼 던전 난이도가 지옥이겠지.

　튜토리얼에서도 볼 수 있었던 그 철저한 장난들.

　이곳 대형 로비로 리스폰 지점이 재설정된 것은 몇 번이고 전멸해도 바로 재도전할 수 있기 때문. 다시 말해 **그만큼 전멸시켜주겠다는** 뜻이다.

　게임 마스터^신는 암암리에 그렇게 말하고 있다.

　"그럼 ①의 미궁 전설은?"

　『알려드리겠습니다!』

　미이프가 두 팔을 벌리고 오페라 가수처럼 천장을 올려다보았다.

　옛날 옛적 어떤 곳에 미궁 제작에 애쓰는 신이 있었습니다.

　신은 미로의 제일 깊은 곳에서 인간이 오기를 두근거리는 마음으로 기다렸습니다.

　……그러나 아무도 미로를 공략해주지 않았고 신은 너무나도 지루한 나머지 죽고 말았습니다.

　"싱거운 전설이네요?! ……아, 아니, 아니, 잠깐만요!"

　제일 먼저 반응한 것은 펄이었다.

　공중을 둥실둥실 떠다니는 미이프를 올려다보며.

"죽었어요?! 신인데?!"

『네.』

"가볍게도 말하네요?!"

『몇백 년도 지난 일이니까요. 하지만 우리 주신의 던전은 이처럼 훌륭하게 남았습니다. 부디 마음 편히 게임을 즐겨주세요.』

끼익….

장엄한 소리를 울리며 로비 정면의 문이 천천히 열렸다.

『자, 미궁 루셰이메어의 문이 열리고 대모험의 시작됩니다! 어떤 난관과 강적도 반드시 여러분의 지혜와 용기로 개척될 것입니다!』

모든 것은 가면 알 수 있다.

페이 일행은 미이프에게 등을 떠밀리듯 미궁으로 통하는 문을 지났다.

신들의 놀이터 「죽음과 재생의 미궁 루셰이메어」
^{엘리먼츠}

VS 『명궁의 주인』 ???? (사망, 게임만이 존속)

게임, 개시.

사도 209명이 72시간동안 공략했지만 아무도 귀환하지 못했다.

얼마나 무서운 미궁일까.

숨조차 막힐 정도의 긴박감 속에서 던전으로 통하는 문이 열렸다.

거기에는.

화려한 궁전의 복도가 **무한히** 안쪽으로 이어져 있었다.

바닥은 흰색과 검은색의 모자이크 문양.

벽은 살짝 노란 석재로 천장에서 아치를 그리는 돌기둥이 몇천 개나 서 있었다.

마치 왕족의 궁전 안에 있는 것만 같은 분위기였다.

"예쁘네!"

한 발 내딛음과 동시에.

지금까지 말이 없었던 레셰가 기다렸다는 듯이 눈에 불을 켰다.

"미궁이라고 해서 어둡고 좁고 케케묵은 줄 알았는데 그 반대네! 좋아! 미궁 제작에 몰두한 신다운 만듦새, 이렇게 공들인 미궁은 정말 좋아!"

바닥도 아름답다. 들여다보면 자신의 얼굴이 비칠 정도로 반짝였다.

다만.

……뭐가 어쨌든 아까 초원 일이 떠오르는걸.

……평화로운 초원에 살인 사과라는 **초보자라면 무조건 당하는** 함정이 설치되어 있었어.

그래서 레셰가 바닥을 들여다보는 것, 넬과 펄이 천장의 샹들리에를 올려다보는 것도 아름답기 때문이 아니다.

함정이 없는지 관찰하기 위해서다.

"……함정은 없네요."

100미터 정도 통로를 직진하고서.

찬찬히 상태를 살피던 펄이 혼잣말처럼 말했다.

"페이 씨, 아까 갈림길이 있었잖아요. 돌아가서 길을 꺾어 가보지 않을래요?"

"나는 조금 더 직진해보고 싶어. 어디까지 이어질지 궁금해서 말이야."

철퍽.

페이가 그렇게 대답한 순간.

지금 막 펄이 가리킨 후방의 갈림길에서 철퍽 하고 물풍선이 튕기는 작은 기척이 있었다.

그것이 몇 번이고 이어지며 다가왔다.

"뭔가 오는데요?!"

"몬스터인가?!"

펄이 다급히 물러나고 놀이 곧바로 경계했다.

페이와 레셰도 언제든지 움직일 수 있도록 경계를 했고, 다가오는 기척은 작은 동물 같았지만 방심할 생각은 전혀 없었다.

경계를 하며 모퉁이를 노려보니.

『파후.』

손바닥 크기의 갈색 털 뭉치가 나타났다.

전부 다섯 마리의 털뭉치.

바닥을 깡충깡충 뛰지만 그 높이도 고작 펄의 무릎 정도.

"이, 이 귀여운 생물은, 파후?!"

"이것들을 알아?! 펄!"

"아니요! 하지만 이 울음소리, 사랑스러운 생김새! 어딜 봐도 파후라고 이름 지어줄 수밖에 없어요!"

야.

펄을 제외한 세 사람이 내심 그렇게 항의했다.

"귀여워어어어어! 페이 씨, 이 아이들을 제가 데려가도…… 꺅?!"

『파훗!』

파후(?) 다섯 마리가 뛰었다.

들여다보려는 펄의 얼굴과 무릎에 차례차례 몸통 박치기.

"그, 그만! ……어라? 아프지 않은 것 같은데요?"

"쿠션처럼 부드럽군."

파후 한 마리의 몸통 박치기를 넬이 태연하게 손바닥으

로 막았다.

시험삼아 페이도 맞아보았다. 파후의 몸통 박치기를 일부러 맞아봤는데 비유하자면 조금 커다란 마시멜로에 닿은 듯이 편안했다.

『파훗?!』

그리고 도주.

몸통 박치기를 당해도 아무렇지도 않은 페이 일행을 본 다섯 파후가 일제히 도망쳤다.

"도망쳐요! ……어, 이건?"

도망친 곳에 군데군데 흩어진 나무판자.

펄이 그중에 두 개를 줍자 빛나는 문자가 떠올랐다.

【크래프트】

나무판자 2장 → 나무 방패

실행하시겠습니까?

"실행합니다!"

펄의 즉결과 함께 나무판자가 공중에서 몇 가지 부품으로 나뉘어 재결합. 몇 초 후에는 펄의 손에 나무 방패가 들려 있었다.

거기에.

펄의 머리 위에 「해방치」라고 들은 숫자가 0에서 1로 상승.

"와! 페이 씨, 나무 방패가 생겼어요!"

"해방치도 올랐으니 일거양득이네. 크래프트도 게임 장치 중 하나이니 달성해서 해방치가 오른 건가. 파고들만한 요소가 있네."

남은 나무판자는 여섯.

다른 세 명도 나무 방패를 크래프트. 마찬가지로 첫 크래프트 달성으로 해방치가 1퍼센트가 되었다.

"운이 좋군. 페이 공, 우리는 혹시 순조롭게 공략하는 것 아닌가?"

"그래. 나무 방패로 우리의 능력치도 올랐어. 이런 식으로 아이템을 주워 크래프트해서 미궁을 진행하면 된다는 거로군."

게임 진행 방식은 이해했다.

네 사람이 모두 나무 방패를 장착하고서 파후가 도망친 통로로 이동.

『파후.』

"오? 또 왔어."

통로에서 나타난 파후 한 마리.

아까와 크기는 같지만 이번에 나타난 파후는 황금색으로 반짝였다.

"설마 레어 개체?! 잡아, 펄. 분명 좋은 아이템을 떨어뜨릴 거야!"

"알겠어요, 레셰 씨! 자, 무섭지 않아요오. 쓰다듬어줄게
요오."

『…….』

이쪽을 올려다보는 파후.

그 머리를 쓰다듬어주려고 펄이 손을 내민 순간, 황금색
파후가 무언가를 뿜었다.

골든 파후의 『갓 브레스』

전원에게 9999 대미지. 페이 일행은 전멸했다.

(※게임 내 표기)

시야가 암전.

어느새 페이 일행은 궁전 로비로 돌아와 있었다.

『……응?』

Player.6 나, 등장

1

『어서 오세요.』

궁전 로비.

리스폰한 페이 일행을 발견한 미이프가 기쁜 듯이 내려왔다.

『자, 모험이 시작됩니다. 새로운 마음으로 힘내세요!』

반면.

반짝이는 샹들리에 아래로 페이, 레셰, 넬, 펄은 잠시 멍하니 공중을 바라보았다.

"⋯⋯아. 그렇군."

"⋯⋯이런 게임이었지."

"⋯⋯원통하다."

"즉사했어요. 대체 그게 뭔가요?!"

펄이 외쳤다.

"직전에 크래프트한 나무 방패는 아무런 의미도 없지 않나요?! 방어도를 관통해 9999 대미지를 받았다고요! 애초에 지금 우리의 체력은 얼마인가요?!"

『펄 씨의 현재 체력은 51입니다.』

"나무 방패가 존재하는 의미가 있나요오오오오오?!"

"……놀랍다."

그 옆에서 넬이 탄식했다.

"나와 펄은 쉬운 난이도를 골랐을 텐데도 그만큼 강한 건가…… 처음 보는 몬스터는 최대한 가까이하지 않는 편이 좋을 것 같다."

갈색 파후와 황금 파후.

색으로 구분할 수 있지만 황금 파후의 힘은 처음 만나고서 알아보기란 불가능.

……초보자라면 무조건 당해.

……그러니까 이 게임은 이른바 궁극의 **죽으면서 배우는 던전**인가.

돌이켜보면 미이프는 이렇게 설명했다.

전멸도 소용없는 것이 아니라고. 설령 전멸한다 해도 플레이어의 경험은 이어진다고.

이번 리스폰도 그렇다.

파후라는 적의 존재와 골든 파후가 얼마나 위험한지를 **배웠다.** 이 경험을 살려 도전해야 한다.

"맞다, 한 가지 발견한 게 있어!"

레셰가 떠올랐다는 듯이 입을 열었다.

"아까 걸으면서 이상하게 힘이 없었어. 나와 페이는 난이도 『PMD』를 선택했으니 신이었던 내 힘에도 상한 설정이 된 모양이야."

"내 어라이즈도 그래."

원래라면 페이는 어라이즈, 레셰는 본연의 힘으로 골든 파후의 공격에도 견딜 수 있었을 것이다.

그러나 난이도 『PMD』로 능력에 제한이 걸려 전멸 판정을 받았다.

……아니, 결국 한 명이라도 사망하면 팀 전체가 리스폰돼.

……나와 레셰만 살아도 의미가 없지.

그러나 레셰의 힘이 봉인된 것은 뼈아프다.

함정이나 몬스터 대책 전반을 레셰이기에 가능한 강제 공략법을 기대할 수 없다.

"게다가 방금 공격으로 신안 렌즈가 망가졌군."

파후의 갓 브레스로.

리스폰되며 상처와 옷의 파손은 고쳐졌지만 벨트에 달렸던 소형 촬영기는 망가진 채. 자동 수복 조건의 대상 외, 그 판정은 신만이 알겠지만 결국 「던전 공략에 반드시 필요한 것」이 아니기 때문일 것이다.

"그렇게 됐으니 우리의 영상은 끊겼어. 지금쯤 미란다 사무장님도 다급해졌겠지. 이걸로 우리도 귀환 곤란자가 됐나."

"역시 우리도 쳇바퀴에 올랐잖아요?!"

"더 빨리 공략해야겠지. 자, 두 번째 공략을 가볼까."

로비에서 다시 미궁으로.

첫 번째와 마찬가지로 휘황찬란한 복도가 끝이 보이지 않을 정도로 이어져 있다.

"하지만 그 황금 파후가 성가셔. 만나기 전에 대응을 생각해두고 싶은데, 레셰는 뭐 재밌는 생각 없어?"

"……글쎄."

복도를 걸으며 레셰가 생각에 잠겼다.

"그 금색 녀석, 에어리어 보스인 것 같아. 그 모퉁이에서 나타났다는 건 아마 그 너머로 보내지 않기 위한 방해 담당. 그렇다면 도망치지 않고 쓰러뜨려서 그 모퉁이 너머로 가는 게 정답인 것 같아."

"구체적으로는?"

"갈색 파후를 생포해서 인질로 삼아야지. 그리고 항복을 요구하는 거야."

"……그거 참 참신하네."

참고로 페이도 전반 부분은 같은 의견이다.

그 전반이란 골든 파후를 피하는 것이 아니라 쓰러뜨려야 한다는 의견이다. 다만 격파 방법은 아직 정해지지 않았다.

……갓 브레스를 맞으면 전멸. 그렇다면 둘 중 하나야.

……브레스를 쏘기 전에 쓰러뜨리든가 어떤 방법으로 회

피하든가.

어느 쪽이든 당장 떠오르지 않는다.

"가능성이 높은 건 아이템 제작이겠지. 우선 나무판자 이외의 아이템을 찾아 모조리 크래프트해볼까?"

이 크래프트는 정말로 심오하다.

일례로 A와 A를 조합해 B가 만들어진다. A와 B를 조합해 C가 만들어진다.

나아가 B와 B를 조합해 D가 만들어진다. B와 C를 조합해 E가 만들어진다.

이렇듯.

한 종류의 아이템만으로도 수없이 새로운 아이템을 생성할 수 있다.

"……그렇군. 이거, 평생 놀 수 있겠어."

정말이지 엄청난 게임 규모.

아이템만으로도 굉장한 수가 있다. 다만 그렇게 생각하면 골든 파후의 대책 아이템 후보를 좁힐 수 없는 점이 성가시다.

"귀환 곤란자가 속출하는 것도 이해가 돼. 우리도 이제 남 일이 아니야."

"페이 공."

넬이 한 발 앞으로 나섰다.

"방금 골든 파후와 다시 만나고 싶다. 시험해보고 싶은 것이 있다.”

“그건?”

“세 사람은 물러나다오. 나 혼자만을 노렸으면 한다.”

넬이 훌쩍 걷기 시작했다.

골든 파후가 나타나는 그 모퉁이로.

다시 나타난 다섯 마리의 파후에게 얼마간 공격을 받았다. 그리고 파후들이 도망치는 방향에서 황금색으로 빛나는 개채가 나타났다.

“왔어요?!”

“물러나다오, 펄!”

넬이 달렸다.

텅 하고 기분 좋은 소리를 울리며 바닥을 차서 황금 파후를 향해 일직선으로 달렸다. 그 움직임을 확인한 황금 파후가 크게 숨을 들이마시고서.

갓 브레스를 쏘았다.

파후의 입에서 빛나는 브레스가 뿜어졌다.

닿으면 곧바로 전멸. 그런 흉악하기 그지없는 공격이 닿기 직전, 넬은 왼발을 높이 올려 찼다.

“돌려주마!”

어라이즈『모멘트 반전』발동.

에너지, 질량에 상관없이 넬이 찬 것을 튕겨낸다. 미사일이든 운석이든, 그리고 갓 브레스이든.

반사.

넬이 찬 갓 브레스가 황금 파후에게 직격.

『파후우우우?!』

그리고 비명.

아이템으로 보이는 작은 열쇠를 떨어뜨리고 황금 파후가 도망쳤다.

"넬 씨, 굉장해요오!"

그 열쇠를 주운 펄.

"이걸로 어딘가의 문을 열 수 있을 게 분명해요! 그렇구나, 공략도 아이템에만 고집할 필요가 없었군요! 그 갓 브레스를 반사하다니. 방금 모습이 방송됐더라면 분명 굉장히 반응이 좋았을 거예요! 그리고 이걸 보세요!"

네 사람의 머리 위에 있는 해방치가 떠올랐다.

1퍼센트에서 2퍼센트로.

일반 파후를 쓰러뜨렸을 때는 해방치가 오르지 않았는데, 역시 황금 파후는 에어리어 보스라는 특별한 존재였던 모양이다.

"아직 작은 한걸음이지만 넬 씨 덕분에 확실히 공략이 진행됐어요!"

"으, 음! 그렇다면 다행이다!"

넬은 얼굴을 붉히며 부끄러워하면서도 기쁜 듯이 가슴을 폈다.

"나도 페이 공에겐 전부 갚을 수 없을 정도로 큰 은혜를 입었으니까! 이렇게 팀에 공헌할 수 있으면 다행이다. 좋아, 가자. 선두는 맡겨다오!"

모퉁이를 걸었다.

아니, 걸으려고 한 직전에 넬의 바로 옆에 있던 창문이 깨졌다.

쨍그랑!

유리창을 깨고 날아든 것은 본 적 있는 붉은 과실.

"넬 씨, 위험해요!"

"뭐? ……크억!"

돌아볼 틈도 없이.

창밖에서 날아든 살인 사과가 정확하게 넬의 머리에 꽂혔다. 넬이 비명을 지르며 앞으로 넘어지고는.

리스폰.

『어서 오세요.』

미이프가 마중 나오는 소리가 울리는 가운데 페이 일행은 말없이 로비로 돌아왔다.

"……이렇게 마음의 빈틈을 노리는 게임이었지."

"……보스를 쓰러뜨리고 방심했구나."

"……넬 씨, 방심하셨나요?"

"정말 면목 없다아아아!"

무릎까지 꿇은 넬.

펄에게 많은 칭찬을 받아 들떴다는 자각은 있었을 것이다. 넬의 뺨은 부끄러운 탓에 새빨갰다.

"미이프. 우리는 골든 파후라는 녀석을 쓰러뜨렸는데 리스폰하면⋯⋯."

『모든 몬스터와 함정도 함께 리스폰됩니다.』

"면목 없다아아아!"

넬이 다시 무릎을 꿇는다.

골든 파후도 재등장.

물론 수집한 아이템과 크래프트도 사라졌다.

"⋯⋯생각하기에 따라선 나쁘지 않아. 운 좋게 레어 아이템을 발견하거나 던전의 가장 깊은 곳까지 가서 라스트 보스에게 패배해도 처음부터 다시 시작하잖아. 그거야말로 굉장한 참상이지."

"싫어요오오오오오!"

죽으면 처음부터 재시작.

다시 말해 이 미궁은 **라스트 보스까지 완전히 노 미스로 클리어**해야만 한다.

몇 백 번, 몇 천 번. 얼마나 많은 도전이 필요할까.

"좋아, 한 가지만 약속하자."

손바닥을 쳤다.

자신에게 주목을 모은 페이는 세 소녀들의 얼굴을 둘러보았다.

"이 게임에서 가장 중요한 것은 실수가 아니야. 실수를 따져 동료에게 상처를 주는 행위지. 그걸로 불화가 일어나거나 게임이 싫어지면 안 되잖아? 우리는 누가 실패해도 「괜찮다」고 생각하자. 어떤 실패도 그것을 경험으로 바꾸면 돼."

"아, 알았어요!"

"……알겠다, 페이 공."

"애초에 나는 실수라고 생각하지 않는데? 몇 번이든 즐길 수 있으니 이득이야."

소녀들이 차례로 고개를 끄덕이는 모습에.

"그럼 가볼까. 다른 구조팀이 신경 쓰이지만 어차피 비슷한 상황일 테니 상관없겠지."

페이는 미궁의 문을 가리켰다.

세 번째 도전으로.

"언젠가 노 미스로 클리어하기 위해 지금 잔뜩 실수하자."

━━━━━━

한편 그 무렵.

카밀라가 이끄는 팀 「대천사^{아크엔젤}」도 같은 시각에 다이브했고, 다른 지점에서 미궁 루셰이메어 공략에 나섰다.

리스폰 37회.

카밀라 일행은 벌써부터 강적을 상대로 고전했다.

"나왔다! 또 그 녀석이야!"

"제길, 복도 구석에서 자는 주제에 접근하면 순식간에 눈을 뜨잖아! 리더!"

"퇴각이야!"

도망치는 아크엔젤. 그러나 복도를 10미터도 달리기도 전에 카밀라 일행의 앞을 흉악한 에어리어 보스가 가로막았다.

암흑색 파후.

『파후!』

"……큭. 따라왔구나, 다크 파후! 이번에야말로, 동결탄!"

카밀라는 마법사형 사도다.

그녀가 발사한 얼음 탄환이 복도를 뛰어다니는 검은 털 뭉치에 직격, 그대로 얼음이 되어 바닥에 붙었지만.

『파후!』

얼음을 깨부수고 날아드는 검은 털 뭉치.

상처 하나 입지 않은 모습에 카밀라와 부하들의 얼굴이 일제히 창백해졌다.

"이 녀석, 대체 뭐야?! **물리 공격 무효에 어라이즈 무효**라니! 이런 녀석을 어떻게 쓰러트리라는 거야?!"

다크 파후의 눈이 이상한 빛을 냈다.

암흑 환상.

파후의 눈과 눈이 마주친 자를 강제로 혼란에 빠뜨린다.

"자, 잠깐, 내 몸을 조종하다니…… 아니, 왜 옷을 벗기 시작하는 거야……?!"

자신의 옷을 벗기 시작한 카밀라의 비명.

게다가 팀에는 아직 신안 렌즈가 작동하는 부하도 있었다.

"안돼! 내 몸은 19세 미만 시청 금지인데, 전 세계에 방송된다고!"

"볼 것도 없으니까 괜찮아요."

"지금 뭐라고 말했지?"

"아닙니다, 아무 말도 안 했습니다, 리더!"

순식간에 전원이 혼란에 빠졌다.

어떤 사람은 카밀라와 마찬가지로 옷을 벗었고, 어떤 사람은 그 자리에 누워 잠이 들었다. 이제는 전투는커녕 보스의 장난감이 된 상태다.

"누가 좀 어떻게 해봐! 이 녀석을 어떻게 쓰러뜨리라는 거야?!"

미궁 루셰이메어의 한쪽에서.

구조팀으로 참가했던 팀은 벌써부터 도움을 요청했다.

팀 아크엔젤의 고전을 알 리가 없는 페이 일행은 발견한 아이템을 사용한 크래프트에 푹 빠졌다.

"짠. 완성했어요!"

빛나는 방패를 든 펄.

"페이 씨, 제가 거울 방패라는 걸 크래프트했어요! 하지만 설명을 보면 방어력은 약한 모양이에요. 어떻게 쓰는 걸까요?"

"거울이라…… 예를 들어 눈을 보면 혼란에 빠진다든가 석화하는 능력을 지닌 몬스터가 있는 거 아닐까? 그런 녀석이 있으면 그 시선을 거울로 잘 반사시킨다든가."

"그렇게 타이밍 좋게 나타날까요?"

"모르지. 이 넓은 미궁 어딘가에는 있을지도."

"……아쉬워요. 이 방패 써보고 싶었는데."

거울 방패를 든 펄은 실망스러웠는지 어깨가 처졌다.

"참고로 페이 씨는 뭘 만드셨어요?"

"자명종 시계."

"죄송해요, 다시 한 번."

"자명종 세계가 나왔어. 자, 이거."

페이가 손에 든 것은 일반적인 가정이라면 반드시 있을 법한 전자시계다.

"소재는 나사와 기계 파츠. 크래프트는 검이라든가 방패만 만들 수 있나 싶었는데 이렇게 이상한 아이템까지 만들 수 있네."

"……하아."

펄의 믿기지 않는다는 시선.

"그래서, 어떤 효과가 있나요?"

"큰소리로 시간을 알려줘."

"큰소리로 시간을 알려주면 어떻게 되나요?"

"근처에서 자던 몬스터가 모조리 깨어나 다가와. 아까 집단으로 잠든 파후가 있었잖아? 그런 녀석들이 전부 깨어나."

"쓰면 안 되는 거잖아요?!"

"모처럼 만들었으니 가져갈까."

"버리세요! 아이템 소지는 한 사람당 두 개까지, 귀중한 아이템 소지 개수만 차지하잖아요!"

그런 페이와 펄의 옆에서.

조용히 크래프트에 열중하던 레셰가 힘차게 일어났다.

"어설퍼. 어설프네, 페이!"

그 손에는 무척이나 화려한 트럼펫이.

"내 「기상나팔」이라면 자명종 시계보다 넓은 범위의 몬스터까지 깨울 수 있어! 시험 삼아 불어……."

"시험하지 마세요오오오오!"

전력으로 레셰를 말리는 펄.

그리고 그 옆에는 넬이 처음 보는 우산을 펼치고 있었다.

"페이 공, 목재와 비닐로「평범한 우산」이라는 게 완성됐다. 숨겨진 효과를 기대하고 크래프트했다만, 정말로 평범한 우산인 모양이다."

"……일단 갖고 있어 줘. 일단은, 말이야"

펄이 말한 것처럼 아이템 소지는 한 사람당 두 개까지.

용도를 알 수 없는 아이템으로 수지 수를 압박하는 것은 효율이 좋지 않은 것 같지만 페이는 크래프트로 완성된 것이니 의미가 있으리라고 예상했다.

……예를 들어 사용 아이템으로는 도움이 되지 않는다 해도.

……크래프트 소재로는 우수할지도 모르지.

이 우산도「비나 눈이 내릴 때 사용하세요」라는 맥 빠지는 설명이 표기됐지만 다른 소재와 조합해 강력한 아이템으로 변할 가능성도 충분히 있다.

"좋아. 그만 가볼까."

지금 있는 곳은 미궁의 2층으로 이어지는 계단이다.

2층을 배회하는 몬스터는 1층 이상으로 강하다.

거기에 대항하기 위해 크래프트를 시험해봤는데 아무래도 몬스터를 직접 쓰러뜨릴 수 있는 무기는 쉽게 나오지 않는 듯했다.

……그러니까 머리와 어라이즈를 사용하라는 뜻이야.

……이 게임의 아이템은 어디까지나 공략을 도울 뿐이야.

그리고 직접 체험하고 깨달은 사실.

체감 시간상 이 미궁에서 가볍게 열 시간 이상은 지났는데 전혀 졸리거나 배고프지 않다. 이것은 엘리먼츠의 특징이다.

"2층은 아직 전혀 탐색하지 못했으니까 어떤 장치가 있을지 몰라."

신중하게 나아갔다.

뚜벅.

바로 그때, 안쪽 십자로에서 딱딱한 구두 소리가 들렸다.

"몬스터일까요?!"

"쉿. 기다려라, 펄. 이건 분명한 인간의 발소리다."

물러나려는 펄에게 넬이 그 어깨를 붙잡아 말렸다.

다가오는 발소리가 많다. 다섯, 아니 열 명 이상. 귀를 기울이니 대화하는 육성도 들리는 것이 아닌가.

"페이 씨, 혹시 다른 구조팀 아닐까요?!"

"어쩌면 인간으로 변한 몬스터일지도 모르지. 이렇게 짓궂은 던전이잖아. 북메이커처럼 인간으로 변장한 녀석이 있을지도 몰라."

몇 발자국 물러나 발소리가 다가오기를 조용히 기다렸다.

뚜벅, 뚜벅…… 뚜벅…….

발소리가 바로 앞까지 다가오더니 십자 교차로에 사람 그림자가 비쳤다.

"아슈란 대장, 여기예요. 여기서 목소리가 들렸다는 보고가!"

"방심하지 마! 이 빌어먹을 미궁은 그럴듯하게 꾸민 함정이 설치되어 있으니까! 자, 대체 누구냐, 이름을 밝혀! 그게 아니면 몬스터인가?!"

갈색 머리 남자가 나타났다.

신장은 페이보다 크지만 홀쭉 마른 체형. 애교 있는 얼굴에 정말 미워할 수 없는⋯⋯.

"아슈란 대장?"

"⋯⋯."

페이가 한 말에 눈앞의 남자의 움직임이 멈췄다.

가만히 이쪽을 바라보고서.

"피곤해서 그런가? 후배가 눈앞에 있는데⋯⋯ 몬스터가 변한 가짜인가?"

"진짜인데요."

"진짜야?!"

아슈란 하이롤즈 대장의 눈이 커졌다.

페이의 지인이자 루인 지부의 팀 「맹화」를 이끄는 남자다.
_{블레이즈}

루키 시절 두 번 정도 신세 진 적이 있고 맹한 면이 있지만, 정이 많은 성격. 거기에.

"단도직입적으로 말할게요. 대장의 팀에 넣어줄 수 있어요?"

"물론 대환영이지."

"레오레셰라는 신이었던 사람도 함께요."

"뚝— 현재 이 통신 회선은 사용되고 있지 않습니다. 통신 번호를 올바르게—."

페이가 레셰와 만나고 얼마 안 됐을 때.

가입이 가능한 팀을 찾아 아슈란 대장과 그런 대화를 나눈 적도 있었다.

……귀환 곤란자 리스트에 이름을 봤을 땐 설마 싶었는데.

……대장도 이 게임의 피해자였군.

다른 팀과 첫 합류.

그것이 구조팀이 아니라 귀환 곤란자 팀인 것은 예상 밖이었다.

"야, 야?! 설마 페이, 너까지 여기에 갇힌 거야?!"

"우리는 구조팀이에요. 출구를 발견하지 못했다는 의미로는 비슷한 상황이지만요."

"구조? 누구를?"

"그야 대장 팀을요."

"엇! 그런 말은 빨리하라고, 페이!"

다짜고짜 안겼다.

"……대장, 아파요."

"하하하! 난 너까지 미아가 됐나 싶었는데 신비법원도

눈치가 좀 생겼네. ……그래, 인간 세계는 어떻게 됐냐?"

"한바탕 소동이 벌어졌죠. 세계 규모의 현상이니까요."

"뭐라고?"

"아, 그렇구나. 대장은 모르겠네요."

미궁에 있는 대장은 「클리어할 때까지 돌아갈 수 없다」는 것은 알고 있어도 설마 이 현상이 세계 규모로 발생했을 줄은 꿈에도 몰랐을 것이다.

"페이. 이쪽 아가씨들은 네 동료지? 레오레셰 님도 계시고…… 결국 우리는 어떡하면 돼?"

아슈란의 뒤에는 팀원 11명이 있었고 다들 이쪽을 의아한 눈빛으로 바라보고 있었다. 다시 말해 「지금 대체 어떤 상황이지?」 하는 눈빛이었다.

"그러게요. 대장, 잠깐 쉬죠."

그에게 말을 걸며.

이 자리에 있는 모두를 향해 페이가 목소리를 높였다.

"정보를 교환합시다. 이 미궁은 아직 알 수 없는 점이 너무 많으니까요."

━━━━━━

신비법원 루인 지부.

그 집무실에서 미란다 사무장은 책상에 엎드려 얼굴을

가리고 있었다.

"……."

『또 딴짓인가.』

모니터에서 울리는 위엄 있는 남성의 목소리.

고개를 들지 않아도 안다. 상대는 마르 라 지부의 바레가 사무장. 최근 WGT와 넬의 일로 빈번히 대화한 상대다.

"……어휴."

책상에 엎드린 채.

미란다는 무거운 한숨을 내쉬었다.

"지금 꾀죄죄한 아저씨하고 말할 기력이 없는데."

『그 상태를 보니 루인도 같은 상황인 모양이군.』

"응?"

『구조팀 말이야. 카밀라가 이끄는 아크엔젤의 신호가 두절됐다. 해양도시 피셔 라의 팀도 마찬가지라더군.』

"……이런."

『페이 씨도 인가?』

그렇다.

얼굴을 숙인 채 두 손으로 X자를 만들었다. 신안 렌즈로 도중의 동향까지는 확인했지만 골든 파후의 공격으로 렌즈가 파괴되어 신호 두절.

"이미 15시간 이상, 신호 두절…… 속이 쓰려. 페이 군과 레오레셰 님까지 귀환 곤란자가 되면 우리 지부에 엄청난 비난이 쏟아질 거야."

『그건 처음부터 각오했을 텐데.』

이 게임은 너무 위험하다.

귀환 곤란자를 구하기 위한 구조팀을 파견한다. 그런 구조팀이 귀환 곤란자가 되고 그것을 구하기 위해 다시 구조팀을 준비…….

눈덩이가 굴러가듯 희생자가 늘어난다.

『본부와 이야기했다. 지금 시점에서 추가로 구조팀을 보낼 예정은 없다.』

"……도마뱀이 꼬리를 자르는 기분이 이런 느낌일까."

천천히 고개를 들었다.

두 눈 주위로 다크 서클이 진한 얼굴로.

"……페이 군과 레오레셰 님은 지금쯤 던전에서 뭘 하고 있을까……."

━━━━━━━

미궁 루셰이메어.

아슈란 대장이 이끄는「블레이즈」는 이미 백 시간 가까이 탐색을 지속했다. 그중 한 번은 다른 팀과 만나 합류했다고.

그러나 그 후에 전멸.

"합류 지점을 정해뒀으면 좋았을 걸 그랬어. 나중에 깨달았지."

복도를 걷는 아슈란 대장이 씁쓸하게 말했다.

"우리는 다들 리스폰 지점이 달라. 전멸하면 다시 뿔뿔이 흩어지지. 하지만 합류 지점만 정해두면 전멸해도 몇 번이든 모일 수 있어. 우리의 집합 장소는 우리가 만난 십자 교차로. 어때?"

"찬성이에요."

"그래서……구조팀인 너희도 고전한다는 거군. 당연하다면 당연한 거지만."

나란히 걷는 페이에게 아슈란이 어깨를 으쓱였다.

"세이브 아이템 발견이 최우선 목표인 건 동감이야. 이 미로는 너무 커. 100시간 가까이 있었는데 탐색한 에어리어는 아마 전체의 몇 퍼센트. 완전 공략은 몇 주, 몇 개월이 걸릴지 알 수 없어. 자칫하면 평생 걸리겠지."

"선배, 세이브 아이템으로 짐작되는 건 있어요?"

"**있어.** 야, 그렇지?"

아슈란이 돌아보았다.

부하 11명이 기다렸다는 듯이 끄덕였다.

"우리가 있는 곳은 2층이야. 이 안쪽에 문이 잠긴 방이 있어. 일부러 잠근 걸 보면 그곳이 보물고가 아닐까 하는 거지."

"그 열쇠를 찾으면 되나요?"

"하나는 손에 넣었어. 하지만 하나가 부족해."

아슈란의 손에는 퍼즐 조각처럼 올록볼록한 열쇠가 들려 있었다.

두 개가 하나. 조합하면 완전한 열쇠가 되는 모양인데……

기분 탓인지 이것과 비슷한 것을 페이도 본 적이 있다.

"너희는 온 지 얼마 안 돼서 모르겠지만 이 미로에는 흉악한 에어리어 보스가 몇 마리나 돌아다녀. 예를 들어 1층에는 골든 파후라는 녀석이 있는데 말이지, 이 녀석이 말도 안 되게 위험해. 우리는 전투가 시작되고 3초 만에 전멸했지."

아슈란이 크게 한숨을 쉰다.

"쓰러뜨리기 위해서는 갓 브레스라는 기술을 반사하는 장비 「천녀의 부채」를 크래프트해야 돼. 하지만 소재에 사용되는 「천계의 구름」, 「무지개 비단」이 모두 레어 아이템이라서 쉽게 찾을 수 없어. 지금은 그 아이템을 찾는 도중이었어."

"……골든 파후라고요."

"그래. 뭐야, 페이. 혹시 알고 있었어?"

"만났어요."

"하하하. 그거 고생했겠네. 그렇지? 어마어마하지? 그런 녀석을 어떻게 쓰러뜨리라는 건지."

"쓰러뜨렸어요."

"……응?"

"물리쳤어요. 제가 아니라 넬 덕분이지만요."

"뭐라고?!"

대장이 돌아본 곳에서.

넬이 부끄러워하는 표정으로 품에서 황금 열쇠를 꺼냈다.

"그, 그게…… 갓 브레스라는 기술은 내가 되받아 찰 수 있었다. 아슈란 대장, 찾는다는 또 다른 열쇠가 이건가?"

"그거다아아아아! 자, 잠깐 빌릴게!"

아슈란이 두 열쇠를 조합.

【크래프트】

금색 열쇠 조각 + 은색 열쇠 조각 → 처형장의 열쇠를(을) 생성했습니다.

처형장?

크래프트로 완성된 열쇠의 이름을 본 페이는 꿀꺽 마른 침을 삼켰다.

무척 불길한 예감이 든다.

이 극악한 던전에서 「처형」이라는 이름의 방은 그야말로 확실하게…….

"좋았어, 완성됐다! 다음으로 넘어갈 수 있다고, 얘들아!"

"자, 잠깐만요, 아슈란 대장! 위험한 예감이 든다니까요!"

복도를 폭주하는 대장을 쫓았다.

공교롭게도 아슈란은 들리지 않는 모양이었다. 아무래도 100시간 가까이 미로를 헤매던 끝에 간신히 발견한 돌파구니까.

빨리 다음 스테이지로.

머리가 냉정을 바라더라도 마음이 「다음」을 바라며 부추긴다.

"페이, 여기다!"

몇 개의 십자로와 계단을 넘은 끝에.

아슈란이 가리킨 것은 엄청나게 중후한 강철 문이었다. 문의 주위에는 수상한 안개가 감돌았고 오싹해질 정도로 차가운 바람이 불었다.

"아무리 생각해도 위험해 보여요오오오오오오오?!"

"……이거, 기괴하군."

문을 열기 전부터 펄과 넬의 안색이 나빠졌다.

아무래도 처형장이니까.

분명 플레이어를 노리는 함정이나 몬스터가 있을 것이다.

"……그렇게 생각하는 모양인데, 너무 걱정할 것 없어."

문의 열쇠 구멍에 신중한 손놀림으로 열쇠를 꽂은 아슈란 대장.

잠금이 풀리는 작은 소리.

"펄이라고 했나? 이 방에 레이드 보스가 기다릴 거라고 걱정할 것 없어. 괜히 이 미궁을 100시간이나 헤맨 게 아니야. 이럴 때야말로 아이템 크래프트의 지식이 힘이 되지."

"네? 그, 그렇다면!"

"우선 내가 지닌「청정의 종」은 몬스터 위협이 다가오면 소리를 내며 알려주는 엄청나게 희귀한 아이템이다. 거기에 부하에게는 함정을 감지하는「투시 안경」을 장비시켰지. 그것들이 둘 다 반응하지 않는다는 뜻은?"

"설마?! 이 처형장은 플레이어를 겁줄 뿐인 허세!"

"그런 거다. 자, 연다!"

아슈란 대장이 문을 걷어차 열었다.

끼익, 묵직한 소리와 함께 열린 문 너머는 반경 30미터는 될법한 원형의 방이었다.

방의 벽에는 몇백 개나 되는 촛대가 있었다.

거기에 켜진 촛불이 살랑살랑 흔들렸다.

"아슈란 대장, 이 방은 함정이 없는 모양이에요."

"내 종도 반응하지 않아. 이것 보라고, 아가씨들. 걱정할 것 없다고 말했지?"

방을 둘러보는 아슈란.

그의 말대로 함정과 몬스터는 보이지 않는다. 그런데 그렇게 말한 본인이 점점 의아한 표정으로 변해갔다.

"……이상해. **어째서 아무것도 없지?** 문이나 보물 상자도 없어."

막다른 곳이다.

입수하기 어려운 열쇠 두 개를 크래프트해서 들어왔는데 이곳 처형장은 빈방이다.

……그럴 리가 없겠지.

……뭔가 장치가 있을 거야.

예를 들어 숨겨진 문.

그렇게 생각해 벽과 바닥을 만지고 돌아다녔지만 그럴듯한 곳은 보이지 않았다.

"페이, 뭐해?"

그때 레셰가 가벼운 발걸음으로 다가왔다.

"벽과 바닥은 왜 만져?"

"장치가 없는지 알아보고 있어. 숨겨진 스위치가 없나 해서. 달리 수상한 건…….

"커다란 기척이 눈앞에 있는데?"

"……응?"

레셰가 가리킨 것은 방의 중앙에 선 아수란.

"응? 저한테 무슨 일 있으신가요, 레오레셰 님."

"너 말고. 네가 선 곳에 다른 기척이 있잖아."

"……페이 공."

뒤이어 넬.

이쪽은 두 눈을 감고 자신의 한쪽 귀에 손을 모으고 있었다.

"극히 작지만 숨결 같은 소리가 들린다."

"뭐?"

"이건…… 자는 건가?"

"꺅?!"

갑자기 펄이 화들짝 놀랐다.

"지, 지금 제 목덜미에 뭔가 미적지근한 바람이 불었는데요?!"

"어디야? 펄."

"여기요, 페이 씨. 제 뒤에!"

펄이 가리킨 것은 레셰가 지적한 곳과 같은 처형장의 중앙 부근.

이곳은 문을 닫으면 밀폐된 공간이다. 공기가 잘 흐르지 않을 텐데?

……그래, 여기는 바람이 없을 거야.

……그런데 **어째서 아까부터 촛불이 흔들리는 거지?!**

자신들이 처형장에 들어왔을 땐 이미 촛불이 켜져 있었고, 그 불꽃이 흔들렸다.

불꽃이 흔들린다.

넬이 들었다는 숨결 같은 소리. 펄이 느낀 미적지근한 바람. 그리고 기척. 이만한 상황 증거로부터 추측할 수 있는 것은.

"아슈란 대장, 여기에는 몬스터가 있어요!"

"응? 야, 페이. 그럼 어째서 내 종이 반응하지 않는 건데? 위험하지 않다는 건 이 아이템이 증명하고……."

"자고 있다면?"

"……뭐?!"

"이 숨결이 보이지 않는 몬스터가 자면서 내쉬는 거라면 설명할 수 있어요."

레이드 보스는 여기에 있다.

처형장이라는 방이 그것을 시사한다.

"이 미궁에서 일부 몬스터가 자는 건 이미 확인했어. 전투가 시작되지 않는 건 레이드 보스가 자느라 우리를 발견하지 않았기 때문. 그러니 둘 중에 하나. 애초에 보이지 않는 적이거나, 혹은 자는 사이에만 보이지 ^{인비지블} 않고 완전 무적 ^{인빈서블} 이거나."

아마도 후자다.

그저 보이지 않을 뿐인 적이라면 이 처형장에 있는 스무 명 가까운 누군가가 이미 투명한 몸에 부딪혔어야 한다.

자는 사이에는 존재하지 않는 판정(=통과).

이거라면 청정의 종이 울리지 않는 이유도 설명할 수 있다.

"응? 그렇다면 이 녀석하고 싸우려면 일단 깨워야 하나?"

"아, 아아아앗! 그거예요, 대장님!"

펄이 손뼉을 쳤다.

"깨우면 돼요!"

"어떻게? 다들 소리라도 칠까?"

"자명종 시계라고요!"

페이가 크래프트한 용도 불명의 아이템「자명종 시계」.

그리고 레셰의「기상나팔」도 그렇다. 만들었을 때부터 의문이기는 했다. 어째서 몬스터를 깨우는 아이템만 잔뜩 준비되어 있는지가.

"해볼까."

"나도! 엄청 크게 불 거야!"

페이가 자명종 시계를.

레셰가 기상나팔을 꺼내 힘껏 숨을 들이마셨다.

"아슈란 대장, 펄하고 넬도 물러나 있어. 우리가 깨운 순간 레이드 보스가 화내면서 공격할 테니까."

"그, 그래. 야, 벽 근처까지 물러나라. 온다!"

전원 후퇴.

페이와 레셰 두 사람만이 몬스터 각성 아이템을 들고서.

"깨우자, 레셰!"

"응!"

자명종 시계가 요란하게 울리고, 기상나팔이 성대하게 울리자.

아래로 쏟아지는 엄청난 빛이 페이 일행을 감쌌다.

잠자는 사자의 레이지 아츠

『하늘에서 쏟아지는 것이 플레이어를 없앤다』.

플레이어는 소멸했다. *(※게임 내 표기)*

시야가 암전.

깨달았을 땐 이미 페이 일행 네 사람은 미궁 밖 로비로 돌아와 있었다.

『……응?』

3

리스폰.

아무래도 일행이 전멸한 듯하다.

상황은 설명문으로 어떻게든 이해할 수 있었지만 그것을 전투라고 부를 수 있는지는…….

"그러니까! 대체 뭔가요, 이 난이도느으으은?!"

얼굴이 새빨개진 펄의 절규.

"저희, 1초 만에 죽지 않았나요?! 대미지라든가 공격이 아니라 「소멸했다」니, 처음 보는 설명문이 표시되던데요?!"

『어서 오세요.』

"뭐가 어서 오라는 건가요오오오오오!"

미이프에게 항의하는 펄은 내버려 두고서.

"과연 레이드 보스네."

이번엔 페이도 쓴웃음이 나왔다.

펄의 말대로 지나치게 불합리하다. 설명문이 「소멸했다」는 것으로 보아 애초에 회피하거나 방어할 수 없을 것이다.

레이드 보스 『잠자는 사자』.

보스의 정체는 대략 파악했다.

추측대로 처형장에서 잠들어 있으며 자는 사이에는 불가시^{인비지블} & 완전 무적^{인빈서블}.

……자는 사이에는 어떻게 할 방법이 없어.

……그 녀석을 깨우는 것까지는 확실해. 그다음이 문제야.

각성 반격^{레이지 아츠}의 대책이 필요하다.

"우선 우리의 공략 자체는 진척이 있으니까 한 번 더 가자."

"페이 씨? 하지만 그 보스는……."

"아슈란 대장과 이야기해봐야지. 우리보다 플레이 시간이 기니 그 공격을 막는 크래프트 아이템이 있을지도 몰라. 그렇잖아? 크래프트로 만든 「자명종 시계」가 통하는 레이드 보스이니 공략의 열쇠 또한 크래프트야."

"그, 그렇군요!"

테이크 투.

복도를 나아가 파후 무리 이후 골든 파후를 쓰러뜨려 열쇠를 손에 넣었다.

페이 일행이 집합 장소에 도착하니 아슈란 대장이 이끄는 「블레이즈」 열두 명이 기다리고 있었다.

"아슈란 대장, 방금 보스 말인데요."

"「마법 반사 방패」다."

곧바로 자신만만한 표정으로 대장이 대답했다.

"나무 방패는 크래프트했다고 말했지? 그럼 거울과 미스릴로 「마법 합금」이 만들어지니 나무 방패와 마법 합금을 크래프트하면 마법 반사 방패가 돼."

"여기 하나 있어."

그 뒤에 있던 부하가 은백색으로 빛나는 방패를 들어 보였다.

"우리의 분석으로는 잠자는 사자가 사용한 레이지 아츠는 마법 속성이야. 그렇다면 마법 반사 방패가 통하겠지. 그걸 모두가 장비하고 도전해보자."

"그럼 복수전이다."

아슈란 대장이 발걸음을 돌렸다.

"잠자는 사자인지 잠자는 호랑이인지는 모르겠지만, 인간의 지혜를 보여주자고."

우선 소재 수집.

페이 팀이 나무 방패를 열다섯 개. 아슈란 팀이 마법 합금을 열다섯 개. 그 두 가지가 크래프트로 열다섯 개의 마법 반사 방패로 변했다.

"준비됐다. 너희들, 알겠지?!"

빛나는 방패를 장비한 아슈란 대장이 외쳤다.

처형장.

봉인된 문을 열고 다시 레이드 보스『잠자는 사자』와 대면.

"자, 페이! 이 건방진 녀석을 깨워줘!"

"그럼 바로."

자명종 시계를 기동.

그 주변의 몬스터를 깨우는, 실로 요란한 소리가 울리고는.

잠자는 사자의 레이지 아츠
『하늘에서 쏟아지는 것이 플레이어를 없앤다』.
플레이어는 소멸했다. (※게임 내 표기)

시야가 암전.

정신이 들었을 땐 이미 페이 일행은 리스폰 지점인 로비에 서 있었다.

『……뭐?』

아무래도 또 전멸한 모양이다.

테이크 쓰리.

다시 페이 일행이 집합 장소로 가니 먼저 도착한 아슈란 대장이 머리를 긁적였다.

"무슨 난이도가 이래?! 마법 반사를 무시한다는 게 말이 돼?!"

"아슈란 대장, 돌아왔어요."

"오, 페이…… 이거 꽤나 애 먹겠다. 그 자식의 레이지 아츠는 예상했던 것보다 더 성가셔."

벽에 기댄 아슈란이 별수 없다는 듯이 하늘을 올려다보았다.

"우리도 진짜 작전 회의가 필요하겠다는 이야기를 하던 참이야. 예를 들어…… 『잠자는 사자』라는 이름이니 수면 공격에 약할 거야. 다시 말해, 재우는 거지. 어떻게 생각해, 페이?"

"아마 처음으로 돌아갈 뿐일 거예요. 그 투명한 무적 상태로요."

"그렇겠지?"

아슈란이 크게 한숨을 쉰다.

"그럼 레이지 아츠를 사용하기 전에 쓰러뜨린다는 건 어때?!"

"깨어난지 1초 만에 전멸했는데요?"

"그 공격 범위 밖으로 도망치는 건 어때?!"

"설명에 『플레이어를 없앤다』고 하니 아마 회피할 수 없을 거예요, 그거."

"그럼 어떡하지?!"

아슈란 대장이 매달렸지만 페이도 아직 돌파구를 찾아내지 못했다.

무엇보다 아군이 전멸하는 불합리한 공격이다.

"넬. 골든 파후의 공격을 반사시킨 것처럼 이번에도 가능할까?"

"……그 공격 말인가. 눈에 보이지 않으니 감에 기대야 한다만……."

넬이 떨떠름한 표정으로 팔짱을 꼈다.

"하늘에서 쏟아진다는 설명을 믿는다면 그 공격은 천장에서 내려올 터. 거기에 타이밍만 맞춘다면……."

"그거다, 아가씨!"

아슈란의 눈이 다시 빛났다.

"골든 파후의 공격을 반사시켰다고 했지?! 그럼 쉽지. 그 사자 녀석의 공격도 반사시켜줘!"

"하, 할 수 있을지는……."

"그럼! 자, 가자, 얘들아! 이번에야말로 끝을 보자!"

세 번째 도전.

열쇠를 사용해 처형장의 문을 열었다. 그리고 페이의 손에는 자명종 시계가. 여기까지는 이미 정해진 작업이다.

"깨운다, 넬."

"으, 음, 페이 공. 언제든 좋다!"

페이가 자명종 시계를 울렸다.

거기에 1초의 어긋남도 없이 어라이즈『모멘트 반전』을 발동한 넬이 힘차게 오른발을 하늘을 향해 차올렸다.

"하앗!"

잠자는 사자의 레이지 아츠

『하늘에서 쏟아지는 것이 플레이어를 없앤다』.

넬 이외의 플레이어는 소멸했다. *(※게임 내 표기)*

『어서 오세요.』

"면목 없다아아아아아아아!"

리스폰 지점인 로비에서.

미이프의 마중과 슬퍼하는 넬의 사과가 메아리쳤다.

"내 어라이즈는 성공했다. 그걸로 알았다만…… 그 공격은 몇 천 개로 쏟아지는 운석이다. 내가 되돌린 건 1퍼센트 정도……."

"우리는 남은 99퍼센트를 맞고 전멸한 건가."

리스폰은 연대 책임 시스템이다.

팀의 누군가 한 명이라도 쓰러지면 그 순간 팀 전원이 리스폰된다.

……보통은 사람이 많을수록 공략이 유리하지.

……그걸 역으로 노린 짓궂은 시스템이야. 사람이 많은 게 불리해.

그리고 한 가지 지식을 얻었다.

레이드 보스에게도 어라이즈가 통한다. 다만 그 레이지 아츠는 넬은 견뎌내도 그 외의 사람은 살아남을 수 없다.

"그렇게 됐으니, 어떻게 할까요, 아슈……."

"더는 못 참겠다."

집합 장소에서.

페이 일행을 기다린 것은 「후후······」 하고 웃으며 눈에 핏발을 세운 대장이었다.

"평범하게 기다려도 안 돼. 크래프트의 방어 아이템도 안 통해. 어라이즈도 안 통해. 그렇다면 남은 수단은 한 가지밖에 없지. 죽기 전에 죽인다!"

"어? 자, 잠깐만요, 대장!"

"공격은 최대의 방어다! 크래프트로 제일 강한 공격 아이템을 모조리 준비해서 전투가 시작되고 0.1초 만에 그녀석을 쓰러뜨리겠어!"

인내의 끈을 놓친 모양이다.

그리고 테이크 포. 처형장의 문을 열고 자명종 시계를 준비한 뒤.

"우오오오오!"

대장이 외쳤다.

"이 음흉한 자식! 내 분노의 주먹을 받아랏!"

잠자는 사자의 레이지 아츠
『하늘에서 쏟아지는 것이 플레이어를 없앤다』.
플레이어는 소멸했다. (※게임 내 표기)

테이크 파이브.

평소의 집합 장소에서.

"아슈란 대장."

"페이. 말하지 마라."

레이드 보스에게 도전한 남자는 모든 것을 새하얗게 불태운 모양이었다. 벽에 기댈 기력도 없는지 바닥에 주저앉으며 입을 열었다.

"기다려도 안돼. 선제공격도 안 통해. 크래프트 아이템은 도움이 되지 않고 어라이즈도 소용없어. 대체 어떻게 돼먹은 거야, 그 사자 녀석의 공격."

"……방법이 없어진 느낌이네요오."

펄도 한숨을 쉰다.

"넬 씨의 말에 따르면 몇 천 발의 운석이니까 제 텔레포트도 공격 범위 밖으로 도망칠 수 없을 것 같고…… 페이 씨, 좋은 방법 없을까요?"

"있어."

"그렇겠죠. 역시 없겠죠…… 어, 있어요?!"

펄이 빠르게 돌아보았다.

"어째서 처음에 말하지 않은 건가요?!"

"지금 생각났어. 네 번이나 전멸당한 덕분에 네 번이나 설명문을 봤으니까."

"……그 설명문의 어디가요?"

"플레이어를 없앤다는 설명. 상당히 강조한 표현이다 싶어서 말이야."

일부러 플레이어로 한정한 표기.

거기서 한 가지 추측할 수 있었다.

"**플레이어 이외에는 효과가 없는 것** 아닐까 싶어."

"……근거는요?"

"넬이 공격을 반사했는데 잠자는 사자가 무사했으니까."

"음?!"

넬이 흥미로운 듯이 눈을 크게 떴다.

"그, 그렇다, 페이 공! 골든 파후와 비교하면 알 수 있다. 골든 파후는 갓 브레스를 맞아 쓰러뜨렸는데 잠자는 사자는 쓰러지지 않았다!"

넬의 어라이즈로 운석의 일부는 튕겨냈을 것이다.

그러나 잠자는 사자에게는 통하지 않았다. 그 이유는 레이지 아츠의 공격 대상이 인간이라서 그 이외에는 대미지를 받지 않는 설정이니까.

"그 쏟아지는 운석을 인간이 맞지 않고 막는 아이템이 있을 거야. 인간만 통하는 공격이니 머리만 지키면 뭐든지 막을 수 있지 않을까? ……예를 들어 넬, 전에 크래프트한 아이템이 있었지?"

"……전의 아이템?"

"이거 말이야."

페이가 손에 든 것은 인간 세계의 어디서든 존재하는 일상품이다.

평범한 우산.

하늘에서 떨어지는 것을 막는다는 용도 불명의 아이템을 여기서 활용할 수 있다.

"아아아아앗?!"

페이가 손에 든 우산을 가리킨 펄이 목청껏 소리쳤다.

"그, 그래요! 이거예요, 대장님!"

"……이봐, 아가씨. 그 우산으로 그 녀석의 공격을 막을 수 있다는 거지?"

"분명해요, 아슈란 대장! 다들 흩어지세요! 지금부터 서둘러 목재와 비닐을 사람 수대로 모아주세요!"

크래프트 「평범한 우산」.

전원이 우산을 하나씩 들고서 다섯 번째 도전.

처형장. 잠자는 사자의 출현 장소를 열여섯 명이서 둥글게 둘러쌌다.

"깨울게요, 대장."

"그래, 페이! 한바탕 시끄럽게 울려봐!"

자명종 시계를 작동.

시간을 알리는 커다란 음량이 보이지 않는 레이드 보스를 깨웠다.

잠자는 사자의 레이지 아츠
『*하늘에서 쏟아지는 것이 플레이어를 없앤다*』.
플레이어는…… 소멸하지 않았다.

그 설명문에.

처형장에 플레이어의 환호성이 메아리쳤다.

"아!"

"좋았어! 막았다! 막았다고!"

우산을 놓고 기뻐하는「블레이즈」의 팀원.

하지만.

"아직이야. 아직 무엇 하나 끝나지 않았어!"

처형장을 뒤흔드는 짐승의 포효에 페이의 온몸에서 땀이 솟구쳤다.

불가시 & 완전 무적이 해제.

그곳에 검은 모피와 새빨간 갈기를 지닌 약 3미터 크기의 사자가 나타났다. 인간이 올려다볼 정도의 거대 몬스터가.

"엄청 커요?!"

"너흰 물러나! 이 녀석의 공격을 맞으면 안 된다. 한 명이라도 당하면 또 전원 리스폰이야!"

아슈란 대장의 노성.

거기에.

모습이 보이면 이쪽 공격도 통하겠지?

검은 사자의 머리 위.

타오르는 듯한 머리카락을 크게 나부끼며 신이었던 소녀가 날고 있었다. 사자의 사각인 머리 위에서 떨어져 등을 향해 힘껏 주먹을 내리쳤다.

1.

레셰가 때린 부위에서 그런 숫자가 떠올랐다.

"……1 대미지?"

레이드 보스의 등에 착지한 레셰가 이상하다는 듯이 눈을 깜박였다.

"깜박했어! 난 지금 굉장해 약했지!"

『…….』

잠자는 자사가 머리를 치켜들었다.

등에 착지한 레셰를 공중으로 튕긴 뒤 힘껏 앞다리를 휘둘렀다. 매끄러운 갈색 발톱이 번쩍였다.

"영차."

레셰가 몸을 틀었다. 공중에서 고양이처럼 민첩하게 가슴을 돌려 다가오는 발톱을 종이 한 장 차이로 피했다.

"……아이 참. 리본이 찢어졌잖아!"

가슴에 달린 리본이 두 동강. 무서울 정도로 예리하게 잘린 리본에 손을 댄 레셰가 처형장 끝에 착지.

"얘들아, 해치워!"

아슈란 대장의 명령으로 레이드 보스를 둘러싼 부하들이

일제히 자세를 잡았다.

마법사형 사도의 일제 사격.

불, 냉기, 번개, 돌풍이 검은 사자의 네 다리와 얼굴을 향해 기관총처럼 박혔다.

떨어져 있는 페이조차 눈이 부실 정도의 빛과 숨이 막힐 듯한 충격파.

그러나.

1, 1, 1, 1, 1, 1, 1, 1, 1, 1.

발생하는 숫자는 전부 1. 다시 말해 최소 대미지밖에 들어가지 않았다.

"이, 이봐! 어째서 우리 공격이 1밖에 들어가지 않는 거야?!"

『…….』

검은 사자가 발을 내디뎠다.

얼굴에 쏟아지는 마법조차 미지근한 물로 샤워하는 듯이 태연했다.

"물러나!"

동시였다.

페이의 목소리로 사도들이 물러난 것과 잠자는 사자의 발톱이 바닥을 도려낸 것은.

"이 녀석한테는 평범한 공격은 제대로 안 통해!"

거의 무적에 가까운 내구력.

인간 측의 공격이 항상 1이라면 이 레이드 보스의 체력은 어느 정도일까.

"나, 남은 체력이 나왔어요! 남은 수치는······249만 7301!"

여자 사도가 비명에 가까운 목소리로 외쳤다.

몬스터의 체력이 보인다는 쌍안경으로 레이드 보스를 올려다보며.

"아슈란 대장, 틀렸어요! 이 속도로는 10년이 걸려도 부족해요!"

"어떻게 돼먹은 거냐고, 이 난이도는!"

정공법으로는 격파 불가능.

아무리 약체화됐다지만 레셰의 주먹조차 1 대미지. 아마도 외부의 모든 공격이 1 대미지로 설정됐을 것이다.

『————.』

사자가 울부짖었다.

앞다리 두 개를 한꺼번에 높이 들어 올리고서.

"다들 뛰어!"

잠자는 사자의 『지뢰진』. 지상의 모든 대상을 파괴한다.

처형장 바닥이 부서졌다.

암반이 가루가 될 정도의 분쇄력. 아슬아슬하게 도약하지 않았더라면 바닥에 있었던 인간도 그 충격파에 휩쓸려 흔적도 없이 소멸했을 것이다.

"제길. 또 이런 반칙 공격을 갖고 있었냐?!"

"……아, 아니요! 잠시만요, 아슈란 대장!"

라이프 감시의 쌍안경을 든 소녀가 검은 사자를 가리켰다.

"먹혔어요! 남은 라이프는 178만 5789!"

"뭐?! 그게 어떻게…… 아니, 설마 그렇게 된 건가?!"

아슈란이 숨을 죽였다.

"지금 공격이 「지상의 모든 대상」이니 지상에 있던 저 자식까지 대미지를 받은 건가!"

플레이어 지정인 레이지 아츠와는 다른 점.

그것은 설명문에 있는 공격 대상이다. 「지상의 모든 대상」에는 지뢰진을 사용한 레이드 보스도 포함된다. 따라서 잠자는 사자도 공격 대상에 포함되어 라이프가 크게 깎였을 것이다.

이것이 공략법.

플레이어 측이 공격을 반복하면 잠자는 사자가 반격 행동을 한다. 그리고 그 대미지가 자신에게도 적용되어 라이프가 깎인다.

"지구전이야! 저 녀석의 반격을 유도해!"

"얘들아, 무리하지 마라. 저 녀석의 공격을 계속 피해!"

페이, 아슈란의 목소리가 연이어졌다.

잠자는 사자로부터 항상 거리를 벌리고 마법사형 사도가 원거리 공격. 1이라는 극소 대미지를 축적했다.

다시 반격을 유발하기 위해.

『_____.』

사자의 두 번째 울부짖음.

두 발을 높게 들고 반격 자세로.

"온다, 뛰어!"

잠자는 사자의 『지뢰진』. 지상의 모든 대상을 파괴한다.

그 자리의 모두가 뛰었다.

아래로 지뢰진의 충격파가 퍼졌고 바닥이 더 크게 부서지며 흙먼지가 피어올랐다.

"서, 성공했어요, 대장!"

소녀의 목소리에는 흥분으로 가득했다.

"잠자는 사자의 남은 라이프는 149만 3111…… 앞으로 8번……아니, 7번 반복하면!"

"정신 바짝 차려라, 얘들아! 열여섯 명이 단체 줄넘기한다고 생각해!"

지뢰진에 맞춰 일제히 뛴다.

아슈란의 줄넘기라는 비유도 그리 틀리지 않았다.

한 명이라도 걸리면 곧바로 전멸. 그 사이에도 잠자는 사자의 공격을 피하며 원거리에서 마법으로 1 대미지를 계속해서 축적했다.

"……진짜 성가신 보스네."

지시를 내린 아슈란의 뺨을 타고 흐르는 대량의 땀.

눈조차 깜박일 수 없다.

이 몬스터를 상대로 0.1초라는 짧은 시간도 시야를 비우는 것은 너무나도 위험하다. 언제 반격을 하는지 잠자는 사자의 행동을 눈으로 확인할 수밖에 없기 때문이다.

……정신이 피로해지는 지구전이야.

……전원이 자신이 실패해선 안 된다는 극도의 중압감과 싸우고 있어.

긴장감에 안구가 건조해졌다.

눈도 깜박일 수 없는 극한의 집중력에 이 자리에 있는 모두가 고통을 인내했다.

"뛰어!"

네 번, 다섯 번, 그리고 여섯 번.

잠자는 사자, 라이프 121만, 99만, 76만, 54만, 31만, 11만.

플레이어 측의 정신력은 극한까지 소모되었고.

레이드 보스 잠자는 사자도 지뢰진으로 라이프가 많이 줄었다.

그 공략전이 몇 시간이나 이어졌는지도 알 수 없었다.

"남은 라이프 5981! 이게 마지막이에요!"

라이프를 감시하던 소녀가 소리쳤다.

"앞으로 한 번이에요! 앞으로 한 번만 피하면…… 잠자는 사자의 라이프가 0이 돼요!"

"얘들아, 조급해지지 마!"

대량의 땀을 흘리며 아슈란 대장이 외쳤다.

"이게 마지막이다! 저 녀석의 반격을 피하는 것에 집중해!"

검은 사자가 움직였다.

그 두 다리를 높게 들어 올린다. 지뢰진의 징조를 본 순간, 그곳의 열여섯 명은 모두가 말없이 움직였다.

온다!

처형장의 벽 근처까지 물러난 거리에서 지뢰진의 충격파가 땅을 따라 전달되는 순간, 전력을 다해 뛰었다. 그랬을 텐데.

"……앗?!"

바로 그때, 처형장 한쪽에서 소녀의 비명이 들렸다.

쌍안경을 들고 바닥에 넘어진 소녀.

레이드 보스의 라이프를 집중해서 감시하느라 발밑의 함정을 발견하지 못했다.

바닥에 발생한 커다란 균열. 몇 번이고 지뢰진을 발생해 바닥이 크게 갈라졌고, 그 틈새에 발이 끼고 말았다.

"사키?!"

아슈란 대장이 돌아봤지만 이미 늦었다.

페이, 레세, 펄은 이미 공중으로 뛴 뒤였고 블레이즈의 멤버들도 그녀로부터 너무 멀리 떨어져 있었다.

뛰지 못하면 지뢰진을 피할 수 없다.

지뢰진에 닿으면 즉사. 그리고 한 명이라도 쓰러지면 모두가 강제로 리스폰된다.

여기까지 왔는데?

레이드 보스에 도달해 불가시^{인비지블} & 완전 무적의 수수께끼를 풀고 몇 번의 도전과 시행착오 끝에 레이지 아츠도 돌파했다.

끝이 없어 보이는 잠자는 사자의 체력을 간신히 1퍼센트까지 줄였건만.

다시 시작해야 하는가?

이만한 시간을 들여서도 격파할 수 없나?

그렇게 싹트기 시작한 달관을.

"큭, 비켜어어어어어어!"

소녀의 기세가 쓸어버렸다.

매끄러운 검은 머리카락을 크게 흐트러뜨리며 검고 커다란 사자를 향해 달렸다.

"넬?!"

소녀는 답하지 않았다.

대답하는 시간조차 아깝다는 듯이 다리의 움직임에 집중했다.

『_____.』

잠자는 사자의 지뢰진.

그것은 하늘을 향해 들린 두 다리를 대지에 내리쳐 발생하는 엄청난 위력의 충격파다.

다시 말해.

"내려칠 수 없게 하면 된다!"

소녀가 날았다.

거대한 사자가 내리치려는 두 다리를 향해 넬이 자신의 오른 다리를 차올렸다.

"큭……으아아아아아아!"

대지를 향해 떨어지는 짐승의 다리.

하늘을 향해 솟구치는 인간의 다리.

그 둘이 공중에서 충돌한 순간, 쿵하고 대기가 찢어지는 소리가 울렸다.

과거.

이 게임에 참가하기 전.

마르 라 지부에서 같이 싸웠던 남자, 다크스는 이렇게 말했다.

"넬은 우수한 사도다. 반드시 네 전력에 도움이 되겠지."

포기를 모른다.

3패하고 은퇴했으면서도 체면과 평판도 아랑곳 않고 다른 도시 소속의 페이에게 자신을 팀원으로 받아달라고 부탁했다. 그런 소녀의 집념이.

"다시 잠들어라아아아아아!"

사자의 두 다리를 넬의 발끝이 차올렸다.

신주 『모멘트 반전』. 차기만 하면 신의 힘으로 튕겨낸다. 사자의 두 다리를, 사자의 얼굴을 향해 튕겨냈다.

『――――!』

레이드 보스가 크게 휘청거렸다.

지뢰진의 연발로 자신의 체력을 99퍼센트 이상 깎은 공격을 맞고서.

"굳었는데요?"

펄이 조용히 속삭이며 올려다보는 앞에서 레이드 보스의 거대한 몸이 휘청거렸다.

모두가 마른침을 삼키고 지켜보는 가운데.

『――――.』

거구의 레이드 보스는 땅을 뒤흔들며 쓰러졌다.

"……하아……크……아…….."

거칠게 숨을 내쉬며 넬이 착지.

그런 그녀의 눈앞으로 잠자는 사자의 거구가 천천히 투명해졌다. 배경에 녹아들듯이 사라지면서, 다시 깊은 잠으로 빠져들었다.

레이드 보스가 사라진 뒤에 나타난 진주색으로 빛나는 아이템 「소생의 종」.

"……후우."

모두가 아직 멍하니 바라보는 가운데 페이는 이마의 땀을 닦았다.

"아슈란 대장."

"그, 그래."

"보다시피 우리의 승리예요. POG를 뽑는다면 넬밖에 적임자가 없겠네요."

"그래! 이겼나! 좋았어어어어어!"

아슈란 대장이 소리쳤다.

팀 블레이즈의 멤버들도 일제히 기뻐했다. 그 뒤에서도.

"넬 씨이이이이이이이이이이!"

"으앗?! 퍼, 펄……?"

"우리가 이겼어요! 넬 씨가 애써준 덕분에!"

무척이나 감격한 펄이 넬을 와락 안았다.

"설마 마지막 공격을 반사시킨다니! 보통은 그런 생각을 못한다고요!"

"그, 그런가…… 나도 필사적이어서 잘 기억이 안 나는데……."

"기억하지 않아도 이 증거인 아이템이 있어요!"

펄의 손바닥에 있는 진주색의 종.

"넬 씨가 가져야 해요!"

"그, 그런가. 종은 아슈란 대장의 소지품과 비슷하게 생겼군."

넬이 펄의 손에서 「소생의 종」을 집었다.

조심스럽게 관찰하며.

"쓰러진 플레이어를 소생시킬 수 있는 건가?"

"굉장한 아이템이잖아요! 살짝 울려봐요, 넬 씨!"

그 순간.

소녀 두 사람의 대화를 지켜보던 페이의 뇌리에 **어마어마하게 불길한 예감**이 불현듯 떠올랐다.

"함정이야! 넬, 그 종을 울리지 마!"

"어?"

딸랑…….

페이의 외침에도 넬이 든 종이 산뜻한 소리로 울렸다.

맑은 소리가 처형장에 울리고서.

『─────!』

거대한 흑사자가 다시 등장.

잠들었던 사자가 다시 눈을 떴다.

"어, 어째서어어어어?!"

"종소리로 눈을 뜬 거야!"

자명종 시계의 소리로 눈을 뜬 것처럼 이 레이드 보스는 아이템의 특수한 소리로 각성한다.

다시 말해.

이 아이템의 존재 그 자체가 재시합의 함정이었다.

"보스가 완전히 부활했어요! 라이프, 250만!"
"이 던전 너무 악랄해요오오오오오!"
"면목 없다아아아아아아!"
정말 싫다, 이 미궁.
모두의 마음이 실시간으로 꺾이던 그 순간.
굉음과 함께 처형장의 천장이 무너졌다.

"찾았다, 인간아!"

은발을 나부끼는 소녀.
환상적인 붉은 눈동자가 반짝반짝 빛나는 그 소녀가 천장에 뚫린 구멍에서 뛰어내렸다.
"나, 등장!"
하필이면 잠자는 사자의 후두부에 착지.
"후후후. 숨바꼭질 게임은 내 승리인 듯하구나! 뭐, 나는 무패니까!"
"……저기, 누구시죠?"
기쁘게 말하는 소녀.
그러나 안타깝게도 페이는 그 소녀가 누구인지 알 수 없었다.
강렬한 서체로 「무패」라고 적힌 셔츠를 입고, 그 위에 걸친 헐렁거리는 점퍼. 그리고 초커와 귀걸이까지 하고 있었다.

얼굴은 인류 최고 수준으로 귀엽지만 복장이 너무나도 독특해 많이 동떨어진 느낌이었다.

이렇게 화려한 소녀는 한 번 보면 잊을 수 없을 텐데.

……하지만 목소리는 들어본 적 있는 것 같아.

……어, 누구였지?

목소리만 머릿속에서 맴돌았다.

"어라? 무패인 나를 잊었다고는 하지 않겠지?!"

"……설마."

사랑스러우면서도 자신만만한 말투.

페이의 뇌리에 떠오른 것은 검은 기모노를 입은 소녀였다.

"어라. 져버렸어."

"다음은 더 어려운 게임을 생각해둘게. 또 놀자."

투명한 은발과 루비가 연상되는 커다란 눈동자.

모두가 알아볼 수 있도록 강조한 「무패」라는 두 글자. 거기서 떠오른 것은 신비법원에서 격파 불가능하다고 알려진 무패의 신.

"우로보로스?!"

"그래, 나야!"

소녀의 모습을 한 신이 기쁜 듯이 밝게 말했다.

"또 놀자고 했는데, 전혀 안 오잖아. 정말 지루하고 지루해서 내가 직접 놀러 왔어! 이런 게임은 그만두고 나하고……."

짐승의 포효.

우로보로스가 선 곳은 잠자는 사자의 머리 위였다. 이 레이드 보스는 지금 막 부활한 참.

다시 말해 전투가 시작되면 그 레이지 아츠가 발동한다.

잠자는 사자의 레이지 아츠『하늘에서 쏟아지는──.

"시끄러워."

우로보로스가 가볍게 펀치를 날렸다.

잠자는 사자에게 8경 7991조 3억 199 대미지.

잠자는 사자를 격파했다.

『…….』

털썩 쓰러지는 거대한 짐승.

신의 주먹을 받은 레이드 보스『잠자는 사자』는 이번에 야말로 사라졌다.

"정말, 이 강아지는 뭐야? 내가 말하던 중이었잖아."

소녀의 모습을 한 신이 천천히 착지했다.

참고로 뒤에서는「……지금까지 우리가 한 고생은」이라 말하며 슬픔에 젖은 아슈란 대장이 있었지만 우로보로스 는 그것을 딱히 신경 쓰지 않는 듯했다.

"얼래? 뭔가 나왔는데?"

우로보로스의 발밑이 빛났다.

거기서 황금의 검이 꽂힌 주춧돌이 떠올랐다.

세이브 아이템『라이온 하트』.

용감한 자들에게. 언제든지 이 싸움터로 돌아오너라.

『세이브 아이템?!』

잔뜩 지쳐 주저앉았던 블레이즈의 팀원들이 벌떡 일어났다.

황금의 검이 꽂힌 주춧돌로 달려가고서.

"세이브 포인트다! 분명해!"

"우리, 돌아갈 수 있어!"

검을 만진 사람의 이름이 주춧돌에 새겨졌다.

기념비에 이름을 새기는 것으로 이 게임의 세이브가 완료했다는 뜻이리라.

"그렇군. 이제 돌에서 검을 뽑으면 아이템 발동. 우리는 인간 세계로 돌아갈 수 있다는 거로군. 드디어 찾았어. 아, 덕분에 살았다, 페이."

"……"

"응? 왜 그래, 페이. 그렇게 복잡한 표정을 하고. 이런 더러운 미궁은 빨리 떠나야지."

"아슈란 대장, 사실 걸리는 게 있어요."

불길한 예감이 든다.

세이브 아이템을 손에 넣어도 사태는 조금도 개선되지 않은 것이 아닐까? 그런 추측을 어디까지 전해야 할지 모르겠다.

"어라? 뭐가 그렇게 기쁜 거야, 인간?"

악의 없는 우로보로스의 목소리가 처형장에 메아리쳤다.

눈앞의 세이브 아이템과 그 주위로 몰려든 팀 블레이즈를 번갈아보며.

"세이브했는데? 기뻐?"

"당연하지. 이걸로 현실로 돌아갈 수 있잖아. 구사일생이라고."

"그 후에는?"

"……어?"

"인간 세계로 돌아갈 거잖아. 그럼 다시 신들의 놀이에 도전할 거지? 여기서 세이브했으니 거신상에 연결된 곳은 이 던전으로 설정됐을 텐데?"

이 던전은 포기를 허락하지 않는다.

인간 세계로 잠시 귀환하는 것을 허락하는 대신 이 미궁을 마지막까지 공략하지 않는 한 다른 게임에 도전할 수 없다.

……그래. 이 세이브는 구조가 아니야. 그저 임시방편에 불과해.

……아무리 발버둥 쳐도 던전을 공략할 수밖에 없어.

그러나 대체 몇 명이 깨달았을까.

페이의 추측이 정확하다면 이 던전에는 더 치명적인 결함^(버그)
이 존재한다.

"하, 하지만! 이렇게 현실 귀환 아이템도 손에 얻었잖아.
이 말도 안 되는 미궁도 시간을 들이면 공략할 수 있을 거
라고!"

"얼래?"

당당하게 답하는 아슈란 대장을 올려다본 우로보로스가
다시 고개를 갸웃했다.

"인간. 아직 깨닫지 못한 거야?"

"뭐, 뭐를?!"

"이 게임은 끝나지 않았잖아."

"……?!"

"이 게임은 스토리가 진행되지 않는 버그가 있으니까."

술렁.

소녀의 모습을 한 신이 한 말에 처형장의 분위기가 달라
졌다.

"……그, 그게 어떻게 된 거예요?! 스토리가 진행되지
않는 버그라뇨?!"

"펄."

미간을 찌푸리며 생각에 잠긴 소녀에게 페이가 말했다.

"우리가 이 미궁에 도착한 뒤 미이프에게서 들은 미궁

전설이 있었지? 그 내용을 기억해?"

"무, 물론이에요! 신이 죽었다는 게 충격이었으니까요!"

옛날 옛적 어떤 곳에 미궁 제작에 애쓰는 신이 있었습니다.

신은 미로의 제일 깊은 곳에서 인간이 오기를 두근거리는 마음으로 기다렸습니다.

……그러나 아무도 미로를 공략해주지 않았고 신은 너무나도 지루한 나머지 죽고 말았습니다.

"그럼 하나 더."

펄에게 말하며.

처형장에 선 열다섯 명 모두에게 전할 생각으로 페이가 말을 이었다.

"이 게임을 클리어하려면 구체적으로 어떻게 해야 하지?"

"어? 미궁을 탈출하는 것 아닌가요……?"

"잘 들어, 펄. 미이프는 이렇게 말했어. **미궁의 가장 깊은 곳에 있는 라스트 보스를 격파하라고.** 그렇게 하면 마지막 문이 열리고 탈출에 성공한다고 말이야."

"……그, 그랬죠."

펄의 반응이 미적지근했다.

페이가 무슨 말을 하는 것일까. 그런 의아한 표정으로.

"펄, 다시 생각해봐. 미이프가 말한 미궁 전설의 마지막이 뭐였지?"

"신이 지루한 나머지 죽고 말았습니다."

"그 전에."

"신은 **미로의 제일 깊은 곳에서 인간이 오기를 기다렸습니다.**"

"응. 다음 클리어 조건도."

"**미궁의 가장 깊은 곳에 있는 라스트 보스를** 격파할 것…… 어, 어라?"

신은 미궁의 가장 깊은 곳에 있다.

라스트 보스도 미궁의 가장 깊은 곳에 있다.

그렇다면.

"그렇지? 미궁의 가장 깊은 곳에 기다리는 신이 바로 라스트 보스라고 추측할 수 있잖아."

"아?! 하지만 신은 이미 죽었잖아요?!"

"그러니까 위험한 거야."

미궁의 가장 깊은 곳에 탈출하는 문이 있다.

그것을 여는 조건은 플레이어가 라스트 보스를 쓰러뜨릴 것. 그런데 중요한 신이 지루한 나머지 몇 백 년 전에 자연소멸해 죽고 말았다.

"클리어 조건이 『신을 쓰러뜨리는 것』. 그런데 『라스트 보스가 쓰러지지 않고 소멸』한 것으로 클리어 조건을 달성할 수 없게 됐어. 그래서 미궁에서 탈출하는 문은 영원히 열리지 않아.”

 “뭐, 뭐라고요오오오오?!”

 그래서 우로보로스는 이렇게 말했다.

 이 게임은 끝나지 않는다고.

 라스트^신 보스의 부재라는 극악한 버그로 이 게임은 클리어 불가능하다.

 “……농담이죠?”

 망연자실한 펄과 팀 블레이즈 멤버들.

 그들과, 그리고 누구보다 자신을 타이를 생각으로.

 “그렇게 됐으니.”

 페이는 단 한 마디를 입에 담았다.

 “슬슬 진짜로 미궁을 공략해볼까.”

Continued 나, 참전

신비법원 마르 라 지부.

그 8층 홀에는 역대 도시 교류전으로 이 땅을 찾은 사도들의 사진이 몇 십 장이나 걸려 있었다.

전부 유명한 게임의 달인들.

그 얼굴을 말없이 바라보는 그에게로 작은 발소리가 다가왔다.

"오래 기다렸죠, 다크스."

팀의 파트너인 켈리치가 자료 파일을 들고서.

"설득하기까지 세 시간 정도 걸렸지만 이제야 사무장님이 들어줬어요. 그 미궁, 우리도 다이브할 수 있다고 합니다. 구조팀의 제3진으로요."

"수고했다, 켈리치."

돌아보는 다크스의 눈은 반짝이는 열기가 담겨 있었다. 그것은 분명 전대미문의 게임을 향한 질리지 않는 호기심이 담겨있으리라.

"참고로 이 게임은 두 번 다시 이곳으로 돌아올 수 없을지도 모른다고 해요."

"무서운가? 켈리치."

"아니요."

갈색 소녀의 대답에는 망설임이 없었다.

"게임이란 두려워할 것이 아니라."

"즐기는 것이다."

만족스러운 듯이 끄덕인 검은 옷의 청년이 코트를 펄럭였다.

조금도 불안하지 않다.

그 이유는 이 앞에 자신이 인정한 유일무이한 호적수가 기다리고 있기에.

"페이여! 역시 나와 너는 다시 만날 운명인 듯하구나. 그래. 이 미궁이 나와 너의 새로운 교차점이 될 것이다!"

"……직접 만나러 가는 주제에 운명이라는 건가요."

어쩔 수 없다는 듯이 한숨을 쉰 켈리치.

"그러고 보니 들었나요, 다크스. 처음에는 구조팀에 포함되지 않았던 그 팀도 준비를 하고 있다는 그 소문……."

"호오? 드디어 움직이는 건가, 『마인드 오버 마터』!"

고작 네 사람의 세계 최강팀.

본부에서 강한 요청이 있었는지, 아니면 어떠한 이유로 심경에 변화가 있었는지. 어쨌든 그 **네 사람**이 탈출 불가능의 미궁을 향해 움직이고 있다.

"그저 소문이에요."

"충분해."

세계 최강의 팀이 있다.

유일무이의 호적수가 있다.

그런 최고의 게임이 지금 막을 열려 한다.

"가자, 켈리치! 그리고 기다려라, 페이!"

파트너인 소녀를 이끌고.

"내가 참전한다!"

게임의 귀공자 다크스. 신의 미궁 루셰이메어, 참전 결정.

"나, 무패인데, 왜?"

『신은 유희에 굶주려있다.』 제3권을 읽어주셔서 감사합니다!

게임에 푹 빠진 것은 인간이나 신도 마찬가지.

제1권에서는 인류 VS 신들.

제2권에서는 페이와 다크스의 대인전.

제3권에서는 드디어 신이 직접 플레이어 쪽이 되어 참전했습니다.

커버 일러스트 공개 때부터 많은 반응을 받았습니다만 (자칭)무패의 신이 만반의 준비를 하고 참전했습니다. (토모세 토이로 선생님께서 정말 귀엽게 디자인해주셔서 이번 표지는 저도 무척 마음에 듭니다!)

그와 동시에.

이번 3권은 넬이 사도로 복귀했습니다.

페이의 팀에 합류한 넬이 앞으로 분투하는 모습도 꼭 지켜봐 주세요!

여기서 한 가지 소식을 전달합니다.

본작 『신은 유희에 굶주려 있다』의 코미컬라이즈가 연재됩니다!

작화는 토리우미 카피코 선생님. 제1화는 이번 제3권과 거의 같은 날인 8월 27일에 발행되는 월간 코믹 얼라이즈 10월호에 게재됩니다.

토리우미 카피코 선생님이 정말 열심히 원작을 읽어주시고 만화로 만들어주셨다는 것이 느껴져 저도 앞으로의 전개가 기다려집니다!

만화 속에서 움직이는 페이와 레셰를 꼭 응원해주세요!

이번 제3권도 많은 분들의 도움을 받았습니다.

이 작품을 함께 만들어주신 담당자 K님. 이번에도 굉장한 일러스트를 잔뜩 그려주신 토모세 토이로 선생님, 우로보로스 표지는 최고였습니다!

그리고 이 책을 읽어주신 당신, 정말로 감사합니다!

제4권은 겨울쯤이 되겠네요.

최대 규모로 플레이어가 얽히는 던전 공략, 많은 기대 바랍니다!

여름의 어느 점심에 사자네 케이

■ 역자 후기

안녕하세요. 역자 김덕진입니다.

신은 유희에 굶주려있다. 3권을 읽어주셔서 감사합니다.

이번 3권은 다양한 캐릭터가 좋은 모습을 보여준 것 같아 무척 즐거웠습니다.

특히 새롭게 팀원이 된 넬의 활약이 눈부셨네요. 사실 레셰와 펄의 캐릭터가 확고해서 넬의 이야기가 어떻게 풀어나가게 될지 불안 반 기대 반이었는데 나름 탄탄한 지반을 쌓고 있는 느낌이라 좋았습니다. 아, 펄의 훈훈한 개그도 점점 분량이 늘어나는 것 같아서 매우 만족하는 중입니다. 음, 4권에서도 기대가 되네요.

그러고 보니 작품에 등장하는 북메이커라는 신에 관해 살짝 이야기해볼까 합니다. 북메이커(bookmaker)는 출판업에 종사하는 사람을 말하는 단어이기도 합니다만 경마에서 마권을 판매하는 사람이나 카지노에서 도박꾼 등을 나타내는 단어이기도 합니다. 예를 들어 영화 등에서 A와

B의 대결이 벌어질 때 돈을 걸어 승자를 맞혀보라고 부추기며 내기 참가자를 장부에 적은 뒤 결과에 따라 배당해주는 사람을 말하는 것이죠.

특히 일본에서는 마권을 사려는 사람의 돈을 받아 자신이 사용하고, 만에 하나 배당금에 적중하면 수중의 돈으로 지불하는 행위를 업으로 삼는 사람들을 표현하는 의미도 있다고 합니다. 아마도 이런 점을 참고해 작가님께서 지은 이름인 것 같네요. 승리 수를 걸고 패배 수를 줄여주는 신의 이름으로는 제법 잘 어울립니다. 과연 앞으로 북메이커가 다시 등장할 수 있을지도 제법 관심이 가네요. 아, 물론 정부의 허가를 받지 않은 도박 행위는 불법이니 따라 하시면 안 됩니다!

그럼 짧은 역자 후기를 마칠 때가 됐네요. 여기까지 읽어주셔서 진심으로 감사합니다.

4권에서는 작가님께서 말씀하셨던 것처럼 더 규모가 커질 예정이니 많은 기대 부탁드립니다.

항상 건강하시고 즐거운 일이 가득하시길!

NAME 넬 렉클리스

PROFILE

현 18세.
페이보다 1년 빨리 사도로 인정받아 그 보기 드문
운동 능력과 타고난 끈기로 마르 라 지부의 젊은
에이스가 되리라고 기대받던 소녀.
이미 3패를 당해 은퇴했는데……?

신주(어라이즈) 『모멘트 반전』

발로 찬 대상을 무엇이든 튕겨낸다.

SPEC

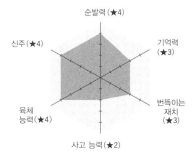

순발력(★4)

신주(★4)

기억력
(★3)

육체
능력(★4)

번뜩이는
재치
(★3)

사고 능력(★2)

신주★4

넬의 발에 닿은 대상을 튕겨낸다.
(정면으로 튕겨내는 것은 물론 다소의 각도 조정도 가능.)
트럭이든 미사일이든 레이저 빔이든, 그 대상에 제한이 없어 신의 힘조차 튕겨내는 것이 가능.
다만 커다란 파도나 눈사태 등 광범위한 대상은 일부만 튕겨낸다.
강력하지만 넬의 운동 능력이 있기에 능력을 발휘할 수 있는 조작 난이도가 높은 힘.

순발력 ★4

순간적인 오기, 내몰렸을 때의 임기응변에 뛰어난 타입. 다만 복잡한 사고는 서투름.

NAME 우로보로스 (인간 ver)

PROFILE

『나 무패인데, 왜?』

무한신 우로보로스가 페이에게 재대결을 재촉하
러 온 모습.
신의 힘을 버리고 인간이 된 레셰와는 다르게 어디
까지나 본체는 영적 상위 세계에 있는 거대한 용.

SPEC

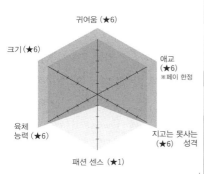

귀여움 (★6)

크기(★6)

애교
(★6)
※페이 한정

육체
능력(★6)

지고는 못사는
(★6) 성격

패션 센스 (★1)

귀여움, 육체 능력 등 ★6

대략 모든 파라미터가 ★5(최상위)를 돌파.
어느 게임에 참가해도 플레이어를 넘어 게임 마스터에 군림하게 되는 영향력을 지녔지만
우로보로스 자신은 직접 만든 게임 이외의 다른 게임에 적극적인 개입을 즐기지 않는다.

패션 센스★1

자칭. 신의 세계에서는 최첨단 패션.
「거짓말이야.」 (레셰)
「농담하지 않았으면 좋겠네.」 (북메이커)

신은 유희에 굶주려있다. 3

초판 1쇄 발행 2022년 11월 10일

지은이_ Kei Sazane
일러스트_ Toiro Tomose
옮긴이_ 김덕진

발행인_ 신현호
편집장_ 김승신
편집진행_ 권세라 · 최혁수 · 김경민 · 최정민
편집디자인_ 양우연
관리 · 영업_ 김민원

펴낸곳_ (주)디앤씨미디어
등록_ 2002년 4월 25일 제20-260호
주소_ 서울시 구로구 디지털로 26길 111 JnK디지털타워 503호
전화_ 02-333-2513(대표)
팩시밀리_ 02-333-2514
이메일_ lnovellove@naver.com
ㄴ노벨 공식 카페_ http://cafe.naver.com/lnovel11

KAMI HA GAME NI UETEIRU. Vol.3
ⓒKei Sazane 2021
First published in Japan in 2021 by KADOKAWA CORPORATION. Tokyo.
Korean translation rights arranged with KADOKAWA CORPORATION. Tokyo.

ISBN 979-11-278-6600-6 04830
ISBN 979-11-278-6467-5 (세트)

값 7,800원

VTuber인데 방송 끄는 걸 깜빡했더니 전설이 되어있었다 1권

나나토 나나 지음 | 시오 카즈노코 일러스트 | 박경용 옮김

화려한 VTuber가 다수 소속된 대형 운영회사 라이브온.
그곳의 3기생이며『청초』VTuber인 코코로네 아와유키.
"역시 롱캔 따는 소리는 최고야!"
"응? 완전 꼴리거든?"
"내가 마마가 될 거야!"
하지만 그녀의 부주의로 방송을 제대로 안 끈 결과,
본래 성격(주정뱅이, 호색, 청초(VTuber))을 드러내고 마는데?!
"클립 엄청 따갔어?! 트렌드 세계1위?! 동시 시청자 수 실화냐고!!!"
이게 웬일, 갭이 호평을 받으며 인기 대폭발!
그 결과…… "으랏차—! 방송 시작한드아!"

모든 걸 내려놓은 그녀는, 대인기 VTuber의 길을 달려간다!!

라이트노벨의 새로운 빛! L노벨의 신간은 매월 10일에 발매됩니다. http://cafe.naver.com/lnovel11

L NOVEL

15세 미만 구독 불가

2

의매생활

미카와 고스트

Illustration Hiten

Days with my Step Sister

presented by
ghost mikawa

L NOVEL

©Ghost Mikawa 2021 Illustration : Hiten
KADOKAWA CORPORATION

의매생활 1~2권

미카와 고스트 지음 | Hiten 일러스트 | 박경용 옮김

고교생 아사무라 유우타는 부모의 재혼을 계기로,
학년 제일의 미소녀 아야세 사키와 남매로서 한 지붕 아래 살게 됐다.
너무 다가가지 않고, 대립하지도 않으며, 적절한 거리감을 유지하자고 약속한 두 사람.
가족의 애정에 굶주린 고독 속에서 노력을 거듭해왔기에
다른 사람에게 어리광 부리는 방법을 모르는 사키와,
그녀의 오빠로서 어떻게 대해야 할지 몰라 당황하는 유우타.
어쩐지 닮은 구석이 있는 두 사람은,
같이 생활하면서 차츰 편안함을 느끼게 되는데……
이것은 언젠가 사랑에 빠질지도 모르는 이야기.

**완전한 남이었던 남녀의 관계가 조금씩 가까워지며
천천히 변해가는 나날을 적은, 연애 생활 소설.**